KB197172

룡 Illust. 기우니우

남자를 싫어하는 미인 자매를
이름도 알리지 않고 구해주면
어떻게 될까? Vol.4

"……두근거리네."

신조 아리사

쌍둥이 언니.
주인공 하야토를 좋아해서
그에게 예속되는 것이 꿈.

"좀 더 야한 사진으로 보내줄까?"

신조 아이나

쌍둥이 동생.
주인공 하야토를 좋아해서
그의 아이를 낳는 것이 꿈.

남자를 싫어하는 미인 자매를

이름도 알리지 않고 구해주면

어떻게 될까?

Vol.4

묭
Illust.
우니우

커버 그림, 본문 일러스트 | **기우니우**

contents

story by Myon / illustration by Giuniu

designed by AFTERGLOW

otokogirai na bijin
shimai wo namae
mo tsugezuni tasuketara
ittaidounaru

"이제 곧 골든위크다아아아아아아!!"

골든위큰 4월 끝자락부터 5월 초에 걸쳐서 찾아오는 대형 연휴로, 학생이나 직장인이나 따질 것 없이 맞이하는 새해의 첫 연휴다.

이 시기가 되면 세상에 5월병*이 창궐하지만, 나는 학교에 가는 것이 괴롭지 않았기 다행히도 무관한 병이었다.

"골든위크다아아아, 하아…….."

치솟던 흥이 단숨에 떨어지다가 이윽고 한숨이 새어 나왔다.

골든위크가 싫어서가 아니다. 오히려 올해는 어느 때보다 연휴를 고대하고 있었다.

근데, 그런데!!

"하필 온천 여행이 좌절되다니……!"

그렇다, 올해 골든위크에는 온천 여행을 갈 예정이었다.

소중한 여자친구 둘과 그녀들의 엄마와 함께 여행을 갈 예정이었는데, 우리가 가려고 했던 인기 여관은 이미 예약이 꽉 차서 예약하지 못했다. 그래, 예약에 실패한 거다!

"하아…….."

두 번째 한숨과 함께 어깨를 축 늘어뜨렸다.

두 여자친구와 사귄 뒤에 가는 첫 여행인 만큼 내게는 정말 특별한 이벤트였는데, 막상 좌절되니 마음이 안 좋았다.

―――――

*5월에 있는 일본의 장기휴가 뒤에 찾아오는 각종 후유증.

9

게다가 아리사와 아이나, 그리고 사키나 씨와 함께하는 온천 여행이다. 조금은 야한 해프닝을 기대하는 건 남자로서 당연한 일이 아니겠는가!

"이제는 다 떠나간 일이지만……."

또다시 나는 어깨를 축 늘어뜨렸다.

물론 앞으로도 그녀들과 지내다 보면, 여행 한두 번 정도는 기회가 있을 것이다. 나는 그녀들과 함께 지낼 수 있는 것만으로도 즐겁고 행복하니까. 그저 느긋하게 서로의 집에서 시간을 보내거나 가까운 곳에 나가기만 하는 걸로도 충분하다.

"연휴에 뭐 하지……."

어떻게 지내야 할까. 내 안에서 그 대답이 결정된 순간 인터폰이 울렸다.

오늘은 토요일이라 아리사가 집에 방문할 예정이었다.

아이나는 친구들과 약속이 있어서 아쉽게도 오지 못했지만, 그만큼 아리사가 나를 독점할 생각으로 전화할 때부터 의욕을 불태웠다.

"정말로 귀엽다니까."

그녀들과 사귀기 시작한 뒤로 대체 이 말을 몇 번이나 했을까.

그런 식으로 말할 수 있는 상대가 생겼다는 것, 그런 상대와 함께 보낼 수 있다는 것에 감사하면서, 나도 더 좋은 남자가 되고 싶다고 생각했다. 나이가 들어서도 두 사람에게 그런 말을 들을 수 있을 만큼.

"이런, 빨리 열어줘야지."

기다리게 하면 안 된다는 생각에 서둘러 현관으로 향했는데, 방문한 사람은 아리사가 아니었다.

"안녕하세요. 택배입니다!"

"아, 네."

밖에 있던 사람은 아리사가 아닌 택배 기사였다.

꽤 큰 크기의 종이 상자를 보고 순간적으로 '뭐지?' 하는 생각이 들었지만, 곧바로 할아버지가 보낸 물건이라는 걸 알아차렸다.

"확인하셨나요? 그러면 사인 부탁드립니다."

"네."

젊은 남성 배달원에게 펜을 받아 들고 사인했다.

이어서 배달원이 복도 위에 짐을 내리고 있는데, 때마침 기다리던 그녀가 방문했다.

"좋은 아침, 하야토 군. 택배가 온 모양이네."

"아, 좋은 아침, 아리사."

결 좋은 검은색 머리가 바람에 흩날렸다. 차분한 복장이었지만 폭력적인 몸매로 인해 그 어느 곳도 매력을 감추지 못했다. 그런 매력적인 여자친구 중 한 명—— 신조 아리사가 미소를 지으며 나를 바라보았다.

"……완전 예쁘다."

배달원 남자가 넋을 놓았는지 불쑥 그렇게 중얼거렸다.

나는 '그렇지? 그 마음 이해해' 하고 어깨를 툭툭 쳐주고 싶은 기분이었다.

"그, 그럼 실례했습니다~!"

"감사합니다."

현관문이 닫히는 마지막 순간까지 배달원은 아리사를 보고 있었다. 그 직전, 아리사가 쪽 하고 내 볼에 입을 맞춰왔다.

나는 배달원의 얼굴을 보고 있었기에, 기습 키스를 목격하고 넋이 나간 그의 표정을 제대로 볼 수 있었다.

"음흉한 시선은 아니었지만, 저렇게 빤히 쳐다보면 알려주고 싶잖아? 난 이 사람 소유라는 걸."

"그래서 키스한 거야?"

"그것만큼 알기 쉬운 건 없으니까."

그건 그렇긴 하지.

키득키득 웃던 아리사가 곧바로 도착한 짐에 시선을 돌렸다.

"크네?"

"생각보다 꽤 무거워."

영차, 하는 소리를 내며 나는 종이 상자를 들었다.

안에 무엇이 들어 있을지는 대충 예상된다.

떨어뜨리지 않게 단단히 힘을 주고 거실의 테이블 위에 내려놓은 뒤, 상자를 열어보았다.

"쌀이랑 채소, 과자도 있네?"

"할아버지랑 할머니가 종종 보내주시거든. 정말로 날 많이 아끼고 사랑해 주시는 거지."

"다정하시네."

"그렇지?"

조부모님에 관한 일은 아리사와 아이나, 그리고 사키나 씨에게도 지금까지 몇 번인가 이야기한 적이 있었고, 그때마다 나는 그분들께 크게 신세를 지고 있다는 이야기나 사랑받고 있다는 이야기를 전했었다. 정말로, 정말로 나에게 있어서 조부모님은 소중한 존재였다.

"난 이것 좀 정리할 테니까 아리사는 편하게 쉬고 있어."

"나도 도와줄게. 같이 하면 더 빠르잖아?"

"그렇지. 고마워."

"괜찮아. 이렇게 함께하는 건 좋아하거든♪"

"부부 같은 느낌이라서?"

"응!"

쭈욱, 얼굴을 가까이 들이밀며 아리사가 고개를 끄덕였다.

결코 남들에게 보여주지 않는 이면의 얼굴……이라고 하면 표현이 좀 이상한데, 어쨌든 아무 경계심을 품지 않은, 나에게만 보여주는 콧김을 내뿜는 표정이다.

'……이런 표정을 지어도 아리사의 청초함은 사라지지 않다는 게 굉장하단 말이지.'

대부분은 이상한 얼굴을 하면 말 그대로 이상한 얼굴이 될 텐데.

나는 아리사의 도움을 받아 조부모님이 보내온 물건을 재빨리 정리했다.

"아리사, 차 마셔."

"고마워, 하야토 군."

시원한 차를 목으로 넘기면서 소파에 등을 기대고 힘을 뺐다.

휴일에는 이렇게 느긋하게 보내는 게 최고다. 여자친구와 함께라면 더할 나위 없다.

"아리사."

"응~?"

"아리사는 왜 그렇게 예쁜 거야?"

"어?"

미안, 내가 생각해도 뜬금없는 소리였다.

질문을 받은 아리사는 어리둥절하다는 얼굴로 눈을 동그랗게 뜨더니, 곧바로 키득키득 웃음 지으며 양손을 뻗어 내 뺨을 감쌌다.

눈동자에서 이대로 놓치지 않겠다는 의지가 느껴졌지만, 아리사는 손에 힘을 들이지 않았다. 그저 가볍게 잡았을 뿐.

빠져나갈 수도 있지만, 굳이 그러고 싶지는 않았다.

"왜 내가 예쁘냐고? 그건 내가 좋아하는 하야토 군이 곁에 있으니까. 네가 나를 여자로서 더 성장하게 하는 거야."

심장의 두근거림은 물론이고, 마음의 구석구석까지 기쁨이 퍼져 나가는 것이 느껴졌다. 나, 정말로 두 사람을 좋아하는구나.

"아리사."

"읏…… 응♪"

이번엔 내가 아리사의 뺨에 손을 댔다. 그녀는 고개를 한 번 끄덕이고 눈을 감았다.

그대로 가볍게 닿는 듯한 키스를 하고는, 서로 뺨을 붉히며 미소 지었다. 이번에는 아리사가 먼저 다가와 키스를 이어갔다.

"키스라는 건 참 신기해. 입술과 입술이 닿을 뿐인데, 왜 이렇게나 행복한 걸까."

"그러게."

"키스…… 키스 말이지."

키스라는 건…… 어떻게 생겨난 걸까?

나와 아리사는 잠시 스킨십을 중단하고, 각자 진지한 표정으로 키스의 기원에 대해 생각하기 시작했다.

……잠깐, 지금 뭘 하는 거지, 우리?

"저기, 하야토 군."

"응?"

"상상해 본 적 없어?"

"뭘?"

조금 전의 기쁨이 담긴 표정에서 뒤바뀐…… 아니, 기쁨이 담긴 표정에는 변함이 없었지만, 그 속에 요염함이 스며들었다.

"서로 닿기만 하는 키스로도 이 정도로 행복을 느낀다는 거잖아? 그렇다면 이보다 한 단계 위…… 혀와 혀를 섞는 깊은 키스를 하면 어느 정도의 행복이 느껴질까?"

"……!"

혀와 혀를 섞는 깊은 키스── 다시 말해 딥키스다.

나도 딥키스가 뭔지 모를 정도로 어리숙하지는 않다. 오히려 평소에 아리사와 아이나의 성적인 모습에 번민하는 날들도 적지 않았기에, 상상하며 해 보고 싶다고 생각한 적도 있다.

"……역시 좀 두근거리네."

"으, 응…… 심장이 엄청 시끄러워."

진정해라, 진정해라. 속으로 그렇게 타일러도 심장의 고동은 가라앉지 않았다.

딥키스라는 화제를 꺼낸 탓인지 의도치 않게 아리사의 입술로 시선이 간다. 그리고 그런 나를 알아챈 아리사가 의미심장한 미소를 지으며 쏘옥, 예쁜 분홍 혀를 내보였다.

"……해 볼래?"

도발적인 미소와 함께 나온 말…… 저도 모르게 마른침을 삼켰다.

뚫어지게 바라보는 아리사에게 지지 않고 시선을 향한 순간, 내 스마트폰이 진동했다.

"어? 아이나?"

"……으음."

대놓고 불만스러운 표정을 지어 보이는 아리사의 모습에 쓴웃음을 지으며 전화를 받았다.

"여보세요?"

『여보세요오~! 좋은 아침이야, 하야토 군!』

귀가 아프다고 할 정도까지는 아니지만, 꽤 큰 소리에 무심코 스마트폰을 귓가에서 떨어뜨릴 뻔했다.

전화를 걸어온 상대는 아이나── 아리사의 여동생이자, 그녀 역시 나의 소중한 또 한 명의 여자친구다.

'휴, 덕분에 살았어, 아이나.'

이대로 분위기에 휩쓸렸다면 어떻게 됐을지. 나쁜 일은 아니지만, 그래도 멈춰준 아이나에게 고마웠다.

"무슨 일이야?"

『그게 말이지~. 이른 오후에는 모임이 끝날 것 같아서~. 그 후에 그쪽으로 갈까, 하는데.』

"허락받을 필요 없으니까, 편하게 와."

『……그 상냥한 말투, 완전 심쿵했어♪』

그냥 평범한 말이었던 것 같은데…….

전화 너머에서 친구들이 상대가 누구냐고 추궁하는 목소리를 마지막으로 통화가 끊겼다. 오후가 지나면 자매가 모두 모일 것 같았다.

"우…… 오늘 하루 종일 쭉 독점할 수 있을 줄 알았는데."

"아하하…….'"

아까의 불만 가득한 얼굴로 짐작해 보건대, 그 시점에서 이미 아리사는 이렇게 될 걸 알고 있었을지도 모르겠다. 하지만 나로서는 기쁜 일이었기에 자꾸만 웃음이 새어 나왔다.

"미안, 아리사. 나는 그래도 기뻐."

"알고 있어. 딱히 나도 싫은 건 아니야. 대신, 아이나가 오기 전까지는 실컷 독점할 거야!"

쿵 하고 가슴팍에 뛰어든 아리사를 받아냈다.

그 후에도 한동안 그 상태가 이어지다가, 문득 아리사가 떠오른 것처럼 입을 열었다.

"맞다, 참. 저기, 하야토 군."

"응?"

"예정했던 온천 여행 말인데, 5월에 정기 고사가 있잖아? 그거 끝나고 가면 어떨까?"

"오…… 오오!"

"하야토 군이 무척 아쉬워했잖아. 후훗, 그렇게나 우리랑 온천에 가고 싶었어?"

도발하듯 던진 물음에, 나는 두근거림을 느끼면서 고개를 끄덕였다. 여기서 굳이 숨긴들 아무런 의미가 없다.

"그, 여러 가지 의미로 기대하고 있습니다."

"알고 있어. 나랑 아이나, 그리고 엄마도 마찬가지야. 하야토 군과 추억을 만들고 싶고…… 즐겁게 지내고 싶은 마음은 똑같아."

세 사람도 기대하고 있었다. 알고는 있었지만, 똑같은 기분이었다는 말이 무척 기뻤다.

"참고로 난 말이지, 한심하게도 온천 여행이 연기된 걸 탄식하고 있었어."

"어머……."

이제는 그냥 전부 다 말해버려야지.

나의 말에 아리사는 순간적으로 감동하더니, 곧 어깨를 들썩이며 웃기 시작했다. 어, 그렇게 웃긴 말이었나?

"미안, 갑자기 웃어서. 아쉽다고 생각한 건 나도 마찬가지야. 오히려 아이나는 그 이상으로 더 크게 아쉬워했어."

"그래?"

"응. 연기가 정식으로 결정된 순간, 그 애가 옆집까지 들리지 않을까 싶을 정도로 큰 목소리로…… 아, 말하면 혼나려나. 뭐라고 했을 것 같아?"

"글쎄?"

나는 잠시 아리사에게서 몸을 떼고, 팔짱을 낀 채 생각에 잠겼다.

아이나가 꺼낼 만한 대사…… 여러 가지 후보는 머리에 떠오르는데, 정확히 이거다! 하고 확신을 품고 말할 수 있을 만한 후보는 마땅히 없다. 대체 뭐라고 했을까?

대답을 재촉하듯 아리사를 쳐다보자, 그녀가 답을 알려줬다.

"하야토 군한테 칠 야한 장난도 잔뜩 생각해 두고 있었는데! 마음의 준비까지 이미 끝내뒀는데 이럴 순 없어! 라는 느낌이었어."

"오……."

마음의 준비를 끝낼 정도의 야한 장난이 대체 뭐지?!

아이나가 뭘 하려고 했는지는 무척 궁금하지만, 우선은 정기고사가 끝나면 온천 여행을 간다고 하니 지금은 그걸 기대하기로 하자.

"그 말을 들으니 더 시험공부를 열심히 할 수 있을 것 같아. 장래를 위해서라도 나도 더 노력해야지."

"물론 같이 공부할 거지?"

"그래도 괜찮아?"

"물론이지. 같이 열심히 하자."

나도 참 단순하구나 싶어 쓴웃음이 나왔다.

뭐, 확실히 이 나이대의 청소년으로서 야한 해프닝을 기대하는 것은 당연한 일, 당연한 일이지만! 그 이상으로, 모두와 함께 추억으로 삼을만한 여행을 가고 싶다. 앞으로도 추억은 많이 만들겠지만, 아무튼 언제든지 떠올릴 수 있는 행복한 시간을 만들고 싶다.

"하핫."

"후훗."

아리사와 서로를 바라보자 절로 미소가 지어졌고, 우리는 다시 몸을 서로 기대었다.

"아, 맞다!"

"왜?"

"골든위크 예정이 비었는데, 하야토 군은 어떻게 할 거야?"

"아, 그게 말이지──."

처음부터 전할 생각이긴 했는데, 아리사한테 먼저 전해 놓을까?

"연휴에 들어가면 며칠은 조부모님 댁에 가려고 생각 중이야."

올해 골든위크 초반에는 조부모님과 소중한 시간을 보낼 예정이었다.

　그 계획에는 아리사도 물론이지만, 오후부터 찾아온 아이나도 기꺼이 찬성해 주었다.

1. 오랜만에 조부모님 곁으로

오늘 나는 버스로 먼 거리를 이동하고 있었다.

골든위크 첫째 날. 조부모님께 가는 길이다.

"하～암."

버스에 장시간 몸을 싣고 있으려니 잠이 쏟아졌지만, 잠들었다가 목적지를 지나칠까 쏟아지는 수마에 필사적으로 저항했다.

"후암……."

진짜 위험한데…… 이 졸음은 아주 위험하다.

스마트폰 게임이라도 하면서 졸음을 쫓아내볼까, 생각했을 때.

"……?"

친구들끼리 주고받는 단체 채팅방에 이런 글이 올라왔다.

『할아버지 할머니랑 즐겁게 지내다 와라!』

『분명 두 분도 널 손꼽아 기다리고 계실 거야!』

절친인 소타와 카이토에게서 온 메시지였다.

사실을 말하자면 어젯밤, 꽤 늦은 시간까지 세 사람과 통화를 했다. 그때 오늘 일에 대해서도 전해 두었다.

지금까지 조부모님과 사이가 좋다는 것에 대해서는 자주 언급했었고, 두 사람 모두 우리 집 가정사를 알고 있다. 오랜만에 만나는 거니 즐겁게 다녀오라는 말도 들었다.

"하여간…… 매번 기쁜 말만 골라서 해 주는 녀석들이라니까."

우선은 감사 인사를 먼저, 그리고 제대로 즐겁게 다녀오겠다는 대답까지 보내두었다.

 그렇게까지 긴 이야기는 아니었지만, 절친이 보내온 메시지 덕분에 졸음이 약간 가시고 바깥의 경치를 즐길 여유가 생겼다.

 그때, 이번에는 또 다른 이에게 메시지가 도착했다.

 "아이나?"

 아리사나 아이나와도 어젯밤에 대화를 나눴고, 오늘 아침에 출발하기 전에도 조심히 잘 다녀오라는 메시지를 받았다.

 "……읏?!"

 그것을 본 순간 나는 어깨를 움찔, 떨었다.

 이런 충격에도 용케 큰 소리를 내지 않았구나, 하고 스스로를 칭찬하고 싶은 정도였다. 그 정도로 메시지와 함께 보내온 사진의 위력은 막강했다.

 "이, 이건……."

 그것은 아이나의 셀카였다.

 혀를 쏙 내밀고 이쪽을 도발하는 듯한 표정…… 사랑스럽기도 하지만, 역시나 야한 분위기가 전면을 장식하고 있었다.

 표정만으로도 이런 소감이 나오는데, 문제는 그녀가 입던 옷에 있었다── 이 옷, 내가 그녀들 집에 놔둔 셔츠였다.

 '이게…… 남친셔츠라는 건가?'

 속옷 위로 내 셔츠만 입은 채 브이 사인을 하는 셀카…… 셔츠의 버튼은 잠겨져 있지 않고 전부 다 풀려 있었기에 그 풍만한 가슴골이 훌륭하게 나를 보고 인사하고 있다……. 한심하게도 이 사진을 보자 시선이 계속 가슴으로만 쏠렸다.

　이 사진 한 장만으로도 아이나의 가슴이 무척 크고, 게다가 부드럽다는 것까지 전해지니 두려울 정도다. 게다가 나는 이 가슴에 닿은 적이 있었기에 더더욱 그것을 쉽게 상상할 수 있었다.

　『전화는 물론 할 거지만, 이걸로 못 만나는 동안의 외로움을 달래줘. 부족하면 좀 더 아슬아슬한 걸로 보내줄 수도 있고~?』

　좀 더? 여기서……?

　한동안 어떻게 답해야 하나 혼란스러움을 느꼈을 정도로, 이 근사한 한 장의 사진에 못이 박히고 말았다.

　'……아니, 아니, 이걸 뚫어져라 쳐다보지 않을 사람이 어디 있어?! 잠이 확 깨네!'

　이런 야한 셀카 앞에서 나의 졸음 따위는 하찮은 존재였다.

　물론 사진뿐만 아니라 그녀들의 야한 순간을 몇 번이나 목격했지만, 사진이라는 매체는 또 다른 느낌이 있다. 응, 무지하게 야하다.

　"으음…… 끙…… 답장을 뭐라고 보내지…….."

　고맙다고 해야 할지, 모르는 척 다른 화제로 돌려야 할지…….

　나의 고민은 결국 버스가 목적지에 도착할 때까지 끝나지 않았다.

　"아니, 나는 고민을 얼마나 하는 거야."

　그래도 덕분에 졸음은 날아갔다. 지루할 틈도 없었다.

　"좋아, 이거면 됐겠지?"

최고로 야하고 최고로 귀여운 사진, 고마워.

그러자 곧장 아이나의 답장이 돌아왔다.

『응! 다른 사진은 필요 없어? 하야토 군이 원한다면 어떤 사진이라도 보내줄 수 있는데? 어디를 찍더라도 말이야!』

그 문장을 본 순간 나도 모르게 표정이 풀어졌다.

금방 정신을 차리고 주위를 둘러보았지만, 다행스럽게도 쳐다보는 사람은 없었다.

나는 그 후로 곧 버스에서 내렸다. 여기서부터는 걸어서 가야한다.

내가 살던 도회지랑 달리 시골이라 논밭을 쉽게 찾을 수 있었다.

"연락도 없이 갑자기 왔는데, 두 분 다 집에 계시려나?"

서프라이즈를 하고 싶어서 그냥 왔는데, 이런 고민할 바에는그냥 연락하는 편이 좋았을지도 모른다.

나는 다른 길로 빠지지 않고 곧장 조부모님 댁으로 향했다.

"정말 오랜만이네."

이게 얼마 만에 오는 거지?

조부모님의 댁은 운치가 느껴지는 일본식 가옥인데, 건물 외관은 몇 년 전에 개축해서 비교적 깔끔했다.

"어디, 집에 계시려나."

어떤 얼굴을 하실까, 기대를 가슴에 품고 인터폰을 눌렀다.

이내 덜컹 소리를 내며 문을 열고 온화한 분위기의 할머니가 나오셨다.

"네, 누구신……?"

"저 왔어요, 할머니! 연락도 없이 갑자기 와서 죄송해요!"

나는 손을 흔들며 말했다.

할머니는 눈을 휘둥그레하시더니 두어 번 훑어보고는 팔을 벌려 나를 안아주셨다.

"하여간 갑작스러운 것도 정도가 있지. 어서 오렴."

"헤헷, 다녀왔어요, 할머니."

몇 달 못 본 사이에 주름이 좀 늘었나, 그런 생각을 하고 있으니 툭, 가볍게 어깨를 맞았다.

"지금 실례되는 생각 했지?"

"그럴 리가요."

나는 태연하게 얼버무렸다.

아무래도 여성은 나이와 상관없이 감이 예리한 것 같다.

"음, 차를 내줄 테니까 어서 들어오렴."

"네, 할머니."

이 느낌, 정겹다고나 할까? 오랜만이라 정말 반갑다.

할머니의 말끝마다 느껴지는 다정함과 온기, 몇 년이 지나도 변하지 않는 애정이 기뻤다.

생글생글 웃으며 반기는 할머니 손에 이끌려 거실에 들어갔지만, 할아버지의 모습은 보이지 않았다.

"할아버지는요?"

"이웃분들이랑 게이트볼하러 가셨어."

"할아버지는 여전히 기운 넘치시네요."

"어머, 이 할미는 그렇지 않다는 말이니?"

"그런 말 아닌 거 아시면서……. 오랜만이라고 들떠서 자꾸 저 놀리시는 거예요?"

"후후, 미안하구나."

뭐, 할머니가 즐겁다면야 괜찮지만.

얼음 컵에 담긴 보리차를 받아 마시며 여행길에 쌓인 피로를 풀 듯이 시원하게 목을 축였다.

"……푸하! 차갑게 마시는 보리차 최고다!"

"잘도 마시네. 한 잔 더 줄까?"

"괜찮아요. 고마워요, 할머니."

"뭐든지 말만 하렴. 여기 있는 동안은 아무런 불편함 없이 지낼 수 있게 뭐든 다 해 줄 테니까."

아하하, 할머니 의욕이 너무 과하신 거 아닌가?

내가 온 게 그렇게 좋으신가 해서 우쭐한 기분이 들었다. 우리 할머니는 그러고도 남을 분이다.

"할머니."

"왜?"

"갑작스럽긴 했지만, 제가 온 게 그렇게 좋으세요?"

"당연하지. 언제라도 하야토가 오면 기쁘단다."

예상치 못한, 아니, 예상은 했지만, 눈물이 날 것 같다.

최근에는 아리사와 아이나, 그리고 사키나 씨와 보내는 일이 많아지면서 그녀들의 사랑을 한 몸에 받고 있다. 하지만 할머니도 할아버지도 언제나 쭉 변함없이 나를 사랑해 주고 계신다.

난 정말 행복한 사람이다.

"후훗, 하야토는 분위기가 좀 바뀌었구나."

"그런가요?"

할머니가 고개를 끄덕였다.

"사키나 씨한테도 여러 이야기를 들었으니까. 예전에 비해 하야토가 즐거워 보이는 것도, 웃는 얼굴이 더 귀여워 보이는 것도, 다 그 사람들 덕분이겠지."

나는 오랜만에 만난 할머니조차 한눈에 알아볼 정도로 변한 모양이었다.

다정하게 날 바라보시는 할머니를 향해 고개를 끄덕이고 가슴을 폈다.

"제가 어떤 식으로 변화했는지 스스로 설명하는 것도 좀 이상하지만, 정말로 바뀌었다는 생각은 들어요. 친구들도 도와주긴 했지만, 아리사나 아이나, 그리고 사키나 씨와 만난 게 제일 컸던 것 같아요."

"그런 것 같구나. 하야토가 신조 씨네 이야기를 할 때는 목소리 톤이 바뀔 정도니까."

"어? 그래요?"

"다 티가 난단다. 그만큼 좋아하는 게지? 듣는 나까지 즐거워질 정도야."

"그랬구나……."

참고로 할머니도 할아버지도 우리들의 관계를 세세한 부분까지는 모르신다.

내가 그녀들과 잘 지내는 건 전했지만, 둘 다 여자친구로 삼은 건 아직 친구들조차 모른다.

"그래서 말인데…… 뻔한 질문이지만, 두 아가씨 중 누구와 사귀고 있니?"

비밀이 있으니, 이런 질문을 받으면 곤란하다.

다만 할머니는 강제로 캐물을 생각은 없으신지, 그냥 웃어넘기셨다.

"아직도 놀리시는 거예요?"

"미안하구나. 오랜만에 본 하야토가 너무 귀여워서 그만."

"상관은 없지만요."

역시 이 느낌, 신조네에서 느끼던 그 온기다. 물론, 어릴 때부터 길러주신 조부모님과의 유대감은 각별하지만.

"아, 그렇지. 3일 정도는 여기 있을 생각인데 괜찮을까요?"

"그럼. 연휴 내내 계속 있어도 괜찮은데?"

"아하하. 남은 연휴는 신조네와 함께 보내기로 약속했거든요."

약속이 없더라도 내가 지금 전화로 부탁하면 두 사람은 거절하지 않을 것이다. 두 사람의 이런 태도가 정말 기쁘다. 물론 할머니의 말대로 연휴 내내 이곳에서 지내는 것도 나쁘지 않지만.

'이제는 전화만으로도 두 사람의 표정이 느껴진단 말이지.'

사귀고 나서부터 목소리만 들어도 두 사람이 기쁜지 외로운지 알 수 있게 되었다. 그만큼 두 사람과 마음이 가까워졌다는 거겠지.

나는 두 사람의 남자친구로서, 한 남자로서 그녀들의 곁을 지키고 싶다.

"어머, 굉장히 외롭다는 표정이네?"

"그, 그렇지는……. 그럴지도요."

솔직하게 인정하자 할머니가 키득키득 웃으셨다.

"하야토를 이렇게 바꿔놓다니, 언젠가 만나보고 싶구나."

"꼭 그렇게 해 주세요. 정말 좋은 분들이거든요."

그런 날이 언젠가는 반드시 올 거다. 이번 기회에 모두를 데리고 왔으면 더 좋았겠지만, 나도 여기 오는 게 오랜만이라서 이번에는 혼자 왔다.

"할아버지는 줄곧 오고 싶어 하시는 것 같던데, 함께 만나러 오세요."

"그래. 그때가 기대되는구나."

할머니도 할아버지도 그녀들과 전화기 너머로 대화를 나눈 적도 있으니, 직접 만나면 분명 지금보다 더 빨리 친해질 수 있을 것이다.

"하야토도 네 카스미랑 같은 표정을 하는구나."

"네?"

"카스미도 네 아비를 만나고 나서는, 혼자 있을 때마다 그런 얼굴을 했단다."

"오호."

카스미는 우리 엄마의 이름이다.

엄마에 관한 마지막 기억은 아빠가 돌아가신 후 엄마의 모습인데…….

'엄마도 역시 이런 마음이셨구나.'

이게 피는 못 속인다는 걸까.

그녀들과 떨어져 지내는 건 불과 며칠뿐인데도 이렇게 외로움을 느끼는 모습이 다소 한심하게 보일 수도 있지만, 부모랑 닮았다는 말은 기뻤다.

하지만 모처럼 할머니와 할아버지를 뵈러 왔으니까, 그런 얼굴을 하는 건 그만두자!

"모처럼 돌아왔으니까요. 여기 있는 동안은 할머니와 할아버지에 대한 것만 생각할게요."

나는 몸을 일으켜 할머니 뒤로 가 어깨에 손을 얹었다.

"어머, 어깨 안마해 주게?"

"네. 여기 오면 늘 하던 거잖아요?"

"그래, 그랬지. 최근에는 좀 뜸했구나. 하야토에게 효도 받는 건 항상 기쁜 일이지."

할머니가 기쁘다면 언제든지 해 드릴 수 있다.

그때 현관 쪽에서 귀에 익은 목소리가 들렸다. 할아버지였다.

"나이도 잊고 너무 무리했구먼. 나 왔어~."

게이트볼을 마치고 돌아온 탓에 좀 피곤하신 모양이었지만, 전화할 때와 조금도 달라지지 않은 목소리라서 안심했다.

현관에 있는 낯선 신발을 보고 눈치챌 법도 하지만, 아무래도 할아버지는 눈치채지 못한 모양이었다.

"하야토."

"네?"

"너희 할아버지가 네가 온 걸 보고 놀라서 쓰러질까, 걱정이구나."

"에이, 설마요."

하지만 정작 내 머리에는 할아버지가 놀라서 발을 헛짚고 넘어지면서 머리를 부딪치고, 구급차 신세를 지는 미래가 쉽게 그려졌다.

에, 에이! 설마 그럴 리는 없겠지!

묘하게 두근거리는 마음을 가라앉히고 나는 조용히 할아버지가 나타나기를 기다렸다.

"할멈, 가끔은 마중 좀 나와서 뽀뽀라도 한 번——."

뽀뽀라니…… 할아버지가 저런 말씀을 하시는 분이셨나?

거실에 나타난 할아버지는 날 본 순간 눈을 동그랗게 뜨셨다.

"하, 하야토냐……?"

"네. 다녀왔어요, 할아버지."

할아버지가 자기 눈을 의심하는 모습에, 나는 그 정도 일인가 싶어 쓴웃음이 나왔다.

놀란 할아버지는 결국 자세가 무너지며…… 아니, 잠깐만?!

"할아버지?!"

"하, 하야토가 있다고?! 무, 무슨 일이 일어난 거냐~~!!"

바닥에 카펫이 깔려 있다고는 해도 머리를 부딪치면 그야말로 대참사다.

나는 반사적으로 할아버지에게 달려갔지만…….

"장난이다."

"……."

아무 일도 없다는 듯이 자세를 추스르는 할아버지. 장난기 가득한 얼굴을 보자 온몸에 힘이 빠져나갔다.

"……왜 놀리시는 거예요!"

"허허허! 오랜만에 손자가 왔는데, 이럴 때가 아니면 언제 하겠느냐."

"할아버지도 참, 나이를 생각하세요. 그러다 진짜 넘어지시면 큰일이라고요. 식은땀까지 났다니까요."

"허허, 미안허다!"

진심으로 즐겁다는 듯 웃은 할아버지가 쓱 손을 뻗어 내 머리에 얹는다.

"잘 왔구나."

"네."

"어서 와라, 하야토."

"다녀왔어요, 할아버지."

땀을 흘렸다며 샤워하고 돌아오신 할아버지도 대화에 가담했다.

"그러면 할아버지, 오늘부터 3일 정도 잘 부탁해요."

"그래, 편하게 지내거라."

할머니께 말씀드린 것과 똑같은 내용을 할아버지께도 전하자, 진심을 담아 환영해 주었다.

뭐, 그렇다고 여기 와서 특별히 뭔가 하고 싶은 게 있는 것은 아니었지만, 이쪽에 있는 동안은 할아버지와 할머니께 도움이 될 만한 일은 하고 싶었다.

"그나저나 한동안 못 본 사이에 하야토도 많이 컸구나."

"그런가요?"

"분위기라고 할까……. 한 꺼풀 벗겨진 느낌이야."

"……."

진심을 담아 할아버지는 그렇게 말씀해 주셨다. 역시 옛날부터 가깝게 지내온 상대에게 이런 말을 듣는 것은 기쁜 일이다.

그리고 점심시간까지 두 분과의 대화는 멈추지 않았고, 식사 중에도 그 기세는 사그라지지 않았다.

"……후우."

그렇게 한바탕 수다를 즐긴 후, 잊고 있던 졸음이 한꺼번에 몰려와 잠시 눈을 붙이기로 했다.

"푹 쉬렴."

"네, 감사해요."

이 방은 내가 왔을 때마다 사용하는데, 연락도 없이 찾아왔음에도 바로 누워도 될 정도로 깔끔했다.

그, 조금 부끄럽긴 하지만, 들어보니 내가 언제 돌아와도 쓸 수 있도록 할머니께서 늘 청소하신다는 모양이다. 그 말에 기쁘지 않을 사람이 있을까.

"아, 참."

서늘한 다다미방 위에 누웠다가, 잠들기 전에 아리사와 아이나에게 메시지를 보내기로 했다.

"무사히 도착해서 즐겁게 지내고 있어……."

답장을 기다리는 게 좋을까 생각했지만, 나는 쏟아지는 졸음을 참지 못하고 눈을 감았다.

▶ ▷

그리운 꿈이었다.

내가 어렸을 때…… 부모님이 살아 계시고, 그 곁에 할머니와 할아버지가 함께 있을 때.

"자, 하야토, 간다~!"

"응!"

"힘내, 하야토!"

"내 손자 아니냐?! 하야토가 못 칠 리가 없지!"

"잠깐, 아버지, 너무 흥분하지 마세요!"

어린 나는 방망이를 손에 들고 아빠가 던질 공을 기다리고 있었다. 우리의 모습을 엄마와 조부모님이 지켜보고 있다.

이런 일이 실제로 있었는지 기억은 나지 않았지만, 그리운 느낌이 드니 있었던 일이라고 생각했다.

'다들 웃는 얼굴이네.'

이 시절의 나는 아빠의 본가에 대해서는 몰랐고, 이 따뜻한 날들이 언제까지고 계속될 것으로 생각했다.

부모님이 사라질 거라는 생각은 조금도 하지 못했었다.

"우오오오오오오! 멋지다, 하야토!"

할아버지의 큰 소리에 나는 의식을 되돌렸다.

어린 나는 능숙하게 공을 받아 쳤다. 아빠는 가슴에 화살을 맞은 것 같은 리액션을 취하며 털썩 무릎을 꿇었고, 엄마는 꺅꺅 기쁘게 소리치며 나에게 달려오셨다.

"굉장하다, 하야토!"

"응! 아빠의 허술한 공쯤은 문제없어!"

"하, 하야토오……."

"와하하하하!"

"무의식중에 아픈 곳을 찌르다니, 카스미의 아들이 확실하구나."

아니, 엄마는 그렇지 않은…… 내가 모를 뿐인가?

눈앞에의 흐뭇한 광경은 감히 방해할 수 없었다. 당사자인 나 또한 마찬가지였다.

그 모습을 보고 있으니 조금 외롭다는 생각이 들었다.

'그만큼 난 부모님을 아주 좋아했어.'

두 사람에게 어째서 날 떠났는지 따지고 싶었지만 참았다. 설령 꿈속이라도 그 말은 할 수 없다.

마음을 가다듬기 위해 심호흡을 하자, 마음을 뒤덮고 있던 답답함이 사라져갔다.

앞을 향해 눈을 돌리는 자기 모습을 삼인칭의 관점으로 바라보았다.

나에게는 지금 곁에서 지켜봐 주는 사람들이 있다. 지키고 싶은, 좋아하는 사람들이 있다.

'과거를 버릴 생각은 없어. 이 과거를 가슴속에 품고 지금을 즐기면서 살 거야!'

그러니까 엄마, 아빠. 지켜봐 줘.

그리고 가끔, 내가 외로울 때나, 울고 싶을 때만이라도── 이렇게 또, 내 꿈에 나와줘.

▶ ▷

"하야토."

"?!"

톡톡 어깨를 두드리는 손짓에 나는 화들짝 놀라 상체를 일으켰다.

아직 잠에서 덜 깬 머리가 멍했던 나는, 눈앞에 있는 할머니를 보고 뜬금없는 말을 중얼거렸다.

"할머니가 왜 여기 계세요?"

"잠이 덜 깬 모양이구나. 오늘 왔던 걸 잊었니?"

"아, 그랬죠, 참."

굳이 깨우러 오신 건, 목욕할 시간인 건가?

"욕실 때문에 오신 거죠?"

"그래. 어서 다녀오렴."

"예……. 깨워주셨으면 욕실 청소 정도는 제가 했을 텐데요."

"잠을 아주 푹 자고 있길래 깨우지 않았다. 지금도 깨워야 하나 싶을 만큼 푹 자고 있었단다."

그랬구나.

부모님이 나오시는 꿈이니 자는 동안 눈물을 흘렸을 수도 있는데, 다행히도 그러지는 않은 모양이었다. 그런 모습을 보였다면 할머니가 걱정하실 테니까.

모처럼 오랜만에 돌아왔으니 아무리 작은 일이라도 할머니나 할아버지의 표정을 어둡게 만들고 싶지는 않았다.

"그럼 목욕하고 올게요."

"천천히 데우고 나오렴."

"넵~."

방에서 나와 탈의실로 향한 나는 옷을 벗는 도중에 문득, 잠들기 전 아리사와 아이나에게 메시지를 보냈던 기억이 떠올랐다.

"……뭐, 씻고 나서 확인해도 되겠지."

답장이 아직 오지 않았을 수도 있고. 아마 이미 왔겠지만.

한밤중이 아니고서야 두 사람은 대체로 30분 이내에 답장을 준다.

"좋아! 빠르게 몸만 데우고 나가자!"

샤워만 할 수도 있지만, 모처럼 목욕물을 데워주셨으니, 욕조에 몸을 담그지 않는다는 선택지는 없었다.

머리와 몸을 씻은 후 어깨까지 따뜻한 물에 몸을 담그자, 오늘 있었던 피로가 싹 가시는 편안함이 몸을 감쌌다.

"……아~ ♪"

목욕은…… 왜 이렇게 기분이 좋은 걸까.

집에서 하는 목욕이나 신조네에서 하는 목욕, 그리고 이 조부모님 집에서 하는 목욕…… 탕에 몸을 담근다는 행위는 똑같은데, 이 순간만큼은 장소가 어디라 해도 큰 위안이 되었다.

"……온천."

아차, 목욕을 생각하니 미뤄진 온천 일이 떠올라 버렸다.

아무리 아쉽다고는 해도 시험 후에 가기로 결정됐으니까. 언제까지고 마음에 담아두지 말라고, 하야토.

나는 자신에게 그렇게 타이르고 욕실을 떠났다.

끝났다는 것을 할아버지와 할머니께 전하고 바로 방으로 돌아와 스마트폰을 확인하자, 역시 두 사람에게서 답장이 와 있었다.

『재밌게 보내는 것 같아서 다행이다. 하지만, 고집을 부리자면 그 즐거움을 공유하고 싶었어. 만약 괜찮다면 언젠가 그런 자리를 만들 수 있을까?』

『그래? 하야토 군이 즐겁게 보내고 있다면 나도 기뻐! 하지만 역시 하야토 군이 없는 건 싫어. 미안해……. 그래도 난 말할래. 하야토 군이 없으면 외로워!』

두 사람의 메시지를 기쁘게 받아본 나는 알아차리는 것이 늦어진 것에 대한 사과와 함께 답장을 보냈다.

그러자 바로 답장이 날아왔다. 아이나가 밤에 통화하자고 적혀 있었기에 이번에는 바로 알겠다는 답장을 보냈다.

"일단 이걸로 됐겠지. 식사 준비라도 도와드릴까."

주방으로 가서 저녁 준비를 하는 할머니를 도왔다.

"호오, 꽤 실력이 좋은데?"

"뭐, 그렇죠. 겨우 몇 개월이긴 하지만 저도 성장했거든요."

"제법 잘하는구나. 이렇게 하야토랑 요리를 할 수 있다니 기쁘구나."

"저도 그래요, 할머니."

사실 신조네에서 가끔 요리를 도와주는 일이 있었기에 스킬이 몸에 배었을 뿐이다.

오늘의 식단은 돈가스와 고기감자조림, 샐러드 등 상당히 호화롭다.

아무래도 나 때문에 이것저것 차리신 모양이다. 할머니가 해 주시는 요리는 정말 맛있어서 무척 기대되었다.

"할머니가 해 주신 요리는 엄청 맛있으니까요. 괜히 도왔다가 맛없어지지 않게 조심할게요."

"무슨 소리니? 하야토가 도와주는 그 상냥함이 최고의 감칠맛이 되는 거란다. 분명 맛있는 요리가 나올 거야."

"할머니……."

"난 이런 식으로 할아버지를 사로잡았단다, 하야토."

"오오……."

과연, 그렇군요!

요리는 할머니의 주도로 진행되어, 서서히 테이블 위에 요리가 늘어났다.

"진수성찬이군!"

"하야토가 도와줬으니까, 평소보다 더 맛있을 거예요."

"대부분 할머니가 만드셨지만요."

할머니는 한결같이 나에게 다정하셨는데, 할아버지도 예외는 아니었다.

"그렇군! 그렇다면 잔뜩 먹어서 하야토의 상냥함을 느껴볼까!"

"너무 호들갑이에요."

"무슨 그런 서운한 소릴. 귀여운 손자가 해 준 요리인데. 이미 그것만으로도 기뻐서 눈물이 날 지경이다."

……하여간, 할아버지도 정말 너무 무르다니까!

두 사람의 말에 민망함을 느끼면서, 저녁 시간의 막이 열렸다.

"잘 먹겠습니다! ……음, 맛있어요!"

내가 제일 먼저 먹은 건 주요리인 돈가스다.

연신 맛있다는 소릴 하며 먹고 있으니, 할아버지와 할머니는 나를 다정한 눈빛으로 바라보셨다.

"보기 좋소, 할멈."

"그러게요, 영감."

"두 분 다, 절 보지 말고 드세요."

그렇게 빤히 바라보면 부끄럽다고요…….

그 후에는 할아버지와 할머니도 식사를 시작하고, 오랜만에 한 조부모님과의 식사는 단숨에 분위기가 달아올랐다. 이렇게까지 분위기가 고조된 것은 아마 신조네에서도 없지 않았을까.

뭐, 가족들과 보내는 시간이니 비교하는 것도 좀 이상하지만, 그 정도로 즐겁게 달아오른 시간이었다.

"잘 먹었습니다!"

식사를 마친 뒤에도 한동안 수다는 끝나지 않았지만, 게이트볼의 피로가 아직 남아 있는 것인지 할아버지는 일찌감치 항복을 선언했다.

아직 대화가 부족하다면서 방으로 사라지는 할아버지의 모습에 나와 할머니는 어깨를 들썩일 정도로 웃었다.

"그럼 정리할까?"

"도와드릴게요."

"하야토도 이제 쉬렴. 혼자 해도 괜찮으니까."

"둘이 하면 금방 끝나잖아요? 자자, 빨리 하자고요, 할머니."

둘이 하면 설거지도 금방 끝나서 나도 할머니도 방으로 돌아갈 테니, 설거지 도중에 대화를 주고받았다.

"있죠, 할머니."

"뭐니?"

"역시, 언제 와도 이 집은 좋아요."

"……후훗, 그러니?"

"감사해요."

"무슨 소릴. 감사 인사는 우리가 해야지. 하야토, 돌아와서 고맙구나."

윽…… 역시 부끄럽다.

나는 얼버무리듯 헛기침을 한 번 더 하고는 할머니께 잘 자라는 인사를 드리고 방으로 돌아왔다.

"……후우."

오늘은…… 음.

오늘이라는 하루를 한마디로 표현한다면, 틀림없이 최고였다.

"정말 좋았어."

서프라이즈라고 갑작스럽게 돌아왔지만, 조부모님의 기뻐하시는 얼굴을 볼 수 있어서 정말 좋았고 기뻤다.

이쪽에는 3일 동안 머무를 예정이다. 첫날부터 이렇게 즐거웠으니 남은 날들은 어떤 식으로 채워질까, 벌써 기대감이 고조됐다.

"자기 전에 아이나랑 전화한다고 약속했으니까 먼저 화장실에 다녀오자."

이야기가 끊기는 것은 원치 않았기에 그녀와의 이야기에 집중할 수 있도록 필요한 준비는 둘 생각이었다.

이미 할머니도 주무시는 것인지 집안은 정적으로 가득 차 있었다.

그런 고요 속에서도 외로움이 전혀 들지 않는 것에 미소를 지으며, 나는 화장실을 마치고 아이나의 전화를 기다렸다.

▶ ▷

『거기서 할아버지가 쓰러지는 척을 하신 거야. 장난이라면서 당당한 얼굴로.』

"그래? 나도 보고 싶다~."

밤이 되고, 기다리던 하야토 군과의 전화 타임!

처음에는 스피커 언니랑 같이할지 고민했지만, 하야토 군을 잠시 독점하고 싶은 마음에 혼자 하기로 했다.

비록 전화 너머의 그를 직접 만질 수는 없었지만, 이 순간만큼은 하야토 군은 자신만의 남자였다.

'하야토 군, 정말 즐겁게 지내는 것 같아서 다행이야. 우리가 주는 즐거움이었다면 더 좋았겠지만, 그만큼 저쪽도 좋은 곳인 거겠지.'

이야기를 듣다 보니 나도 하야토 군의 할아버지와 할머니를 보고 싶어졌다. 금방 친해질 수 있을까?

『밥도 할머니랑 같이 만들었는데, 맛있었어. 너희랑 지내면서 가끔 요리를 도왔던 게 도움이 됐는지, 언제 이렇게 실력이 많이 늘었냐면서 놀라시더라.』

"그건 다행이네♪ 물론 내 마음 같아서는 하야토 군이 편안하게 쉬었으면 좋겠는데, 틈을 발견하면 늘 도와주니까."

『그래도 대부분은 쉬라고 하면 쉬었잖아. 도와 줄 때는 도움이 필요해 보일 때였는걸.』

정말…… 그런 점이 상냥하다는 거야, 하야토 군은!

분명 여기서 상냥하다는 말을 해도, 하야토 군은 당연한 일이라고 하겠지, 그런 점도 멋져!

"하야토 군, 목소리가 엄청 들떠있네."

『아, 그래? 그만큼 즐거운 모양이야.』

"그렇게 말하니까 질투심 나는데? 우리랑 같이 있을 때보다 더 즐거운 거 아니야?"

나도 모르게 그런 심술궂은 말이 나왔다.

예상대로, 하야토 군은 대답을 곤란해했다.

우리랑 보내는 시간만큼이나, 지금 보내는 시간도 소중하다는 거겠지.

"후훗, 미안해. 조금 심술을 부려봤어."

『아니야. 굳이 대답하자면, 우열을 가릴 수가 없다고나 할까. 나에게는 양쪽 모두 즐겁고 행복한 장소야.』

"……응!"

아아, 하야토 군의 목소리, 굉장히 다정해서 너무 설레.

즐겁고 행복한 장소…… 즐겁고 행복한 장소래! 언니랑 엄마도 들었어?! 즐겁고 행복한 장소래!!

"뭐. 지금은 나밖에 없지만~."

『응? 뭐라고 했어?』

"아무것도 아니야♪ 있지, 나, 하야토 군이 오늘 어떻게 지냈는지 더 자세히 듣고 싶어!"

그 후 한동안 하야토 군의 이야기가 이어졌다.

아직 하루밖에 지나지 않았는데, 그 정도로 하야토 군에게 밀도 있는 하루였다는 사실을 알 수 있었다.

'나도 같이 가고 싶다아~. 아마 언니나 엄마도 마찬가지 아닐까.'

그런 당연한 생각이 떠오른 탓일까, 불현듯 가슴에 외로움이 치밀었다.

딱히 평생 만나지 못하는 것도 아니고, 3일만 지나면 하야토 군은 이쪽으로 돌아오는 데도.

잠시나마 멀리 있을 뿐인데, 이렇게나 외롭다니.

나는 쉽게 외로움을 타는 편이었구나.

"……저기, 하야토 군."

『응?』

"나 외로워~. 앗, 미안. 무심코 말해 버렸네."

솔직한 마음을 무심코 토한 나는, 자신을 질책하고 싶어졌다. 즐겁게 지내는 하야토 군에게 부담을 주는 짓이건만, 나도 모르게 참지 못한 것이다.

『그랬구나. 미안해, 아이나. 할 수만 있다면 지금 당장 가서 꼭 안아주고 싶은데.』

"응, 말만으로도 충분해. 고마워, 하야토 군."

거짓말이다. 이 마음이 말만으로 만족할 수 있을 리가 없다.

하아, 내가 이렇게 외로움을 많이 타는 사람이었다니.

하지만 지금은 외롭다는 소리를 하면 안 되겠지! 이것만으로도 이미 귀찮은 여자 같은걸!

"에잇!"

찰싹, 뺨을 가볍게 때리자, 아픔과 동시에 부정적인 감정이 싹 날아갔다.

『아이나?! 뭔가 때리는 소리가 들렸는데?!』

"기합을 좀 넣었어! 괜찮아."

『그, 그래……?』

"응. 에헤헤, 나…… 역시 하야토 군과 대화하는 거 너무 좋아."

『나도 정말 좋아.』

"아핫♡."

오늘의 하야토 군은 몸과 마음이 더 두근거리게 한다.

'어쩌면 외로움이 하야토 군의 말을 더 기쁘게 받아들이게 하는 걸까.'

솔직히 더는 버틸 자신이 없다. 하지만 하야토 군은 멈추지 않았다. 내 이성이 날아가게 만드는 말이 연이어 쏟아졌다.

『아이나가 외롭다고 말해 주는 거, 나는 솔직히 기뻐. 남들이 보기에는 성가실지도 모르지만 나는 아니야. 정말 좋아하는 아이나가 해 주는 말이니까.』

"……웃♡"

『지금은 말밖에 해 줄 수 없지만…… 나도 아이나를 볼 수 없어서 외로워.』

나는 하야토 군이 주는 말은 어떤 것이든 기쁘다. 아아, 물론 심한 말이나 차가운 말은 기쁘지 않겠지만, 하야토 군이라면 절대 그런 말은 하지 않겠지.

우리를 늘 첫 번째로 생각해 주는 하야토 군. 그런 너기에, 나와 언니도 하야토 군을 첫 번째로 생각하고 있어.

'안 돼……. 이 느낌, 위험해…….'

하야토 군의 말에 몸이 달아올랐다. 숨결이 살짝 거칠어지고, 점점 몸이 제어를 벗어난다.

하지만 이것은 결코 나쁜 감각이 아니다. 이전에도 몇 번이나 경험했던 일이다.

"어쩐지 오늘은 날이 좀 더운 것 같아. 하야토 군과 대화하고 있어서 그런가?"

『그래? 이쪽은 꽤 시원한데……?』

"그렇구나. 그렇다면 여기만 그런 걸까."

씩씩하게 대답하면서, 나는 파자마의 단추를 풀면서 침대 위로 올라가, 등을 벽에 기댔다.

뜨거워진 몸을 진정시키는 수단이란…….

미안해, 하야토 군. 난 정말로 밝히는 여자인가 봐.

"웃…… 아, 하야토 군?"

『응? 뭔가 목소리가 좀 요염한데?』

"……정말, 무슨 소릴 하는 거야? 하야토 군 엉큼해."

『어? 아, 아니, 미안! 절대 그런 의미로 말한 게 아니었어!』

"뭐어~? 그럼 난 성적인 매력이 없다는 뜻이야?"

『그런 게 아니라! 잠깐, 아이나! 지금 나 놀리는 거지!』

물론 놀리고 있다. 그와 동시에 내 몸을 만지고 있다.

나는 더더욱 자극을 끌어올리기 위해 이어폰을 귀에 가져갔다. 이렇게 하면 하야토 군이 정말 귓가에 속삭이는 것처럼 느껴진다.

『하여간……. 물어볼 것도 없이, 아이나는 야해.』

"웃…… 아."

『음…… 만족했어?』

"으응. 저기, 야한 여자는 좋아해?"

남은 한 손으로 가슴을 만지며, 푹신한 부드러움에 손가락을 파묻었다.

미안해…… 미안해, 하야토 군. 하지만 도저히 못 참겠는 걸……. 난 하야토 군을 정말로 좋아하니까…… 사랑하니까…… 이런 일은, 이미 몇 번이나 해 왔어.

『어디서부터 어디까지가 야한 여자인 줄 몰라서 대답이 곤란한데. 하지만 아이나와 아리사가 비록 어떤 모습이라고 해도, 난 다 좋아.』

"웃?!"

그 순간, 강하게 가슴을 움켜쥐고 말았다.

정수리를 뚫고 지나가는 듯한 감미로운 충격에 아찔함을 느끼면서도, 하야토 군을 걱정시키지 않기 위해 곧바로 호흡을 가다듬었다.

"……하아♡."

『아이나? 괜찮아?』

괜찮아…… 에헤헤. 혹시 나, 찾아버렸나? 사랑하는 하야토 군과의 통화에서, 새로운 가능성을 찾아버린 건가?

『어쩐지 숨이 거칠어진 것 같은데? 아픈 건 아니지?』

"아하하! 정말로 괜찮아! 미안해, 걱정시켜서."

하야토 군은 지금 내 꼴에 대해 조금도 알지 못한다. 내가 지금 하야토 군과 통화하면서 치부를 드러내고 있다는 상상은 티끌만큼도 하고 있지 않겠지. 희미한 죄책감을 느끼면서도, 이렇게 하야토 군의 상냥한 목소리에 젖어 자기 몸을 만지는 것이 너무나도 행복했다.

'와아…….'

내가 시선을 돌린 곳은 전신 거울…… 어쩌다 보니 내 몸이 다 보이는 각도였다.

남은 한 손으로 크게 부푼 가슴을 만지며, 얼굴은 붉어지고 눈은 몽롱해지고…… 정말 칠칠치 못한 표정이었다.

"있지, 하야토 군……."

『왜?』

"진심을 최대한 담아서, 좋아한다고 말해 줄래?"

그러자 하야토 군은 잠깐 뜸을 두고 입을 열었다.

『정말 좋아해, 아이나.』

"웃~~~~?!"

그 다정하고 사랑 넘치는 목소리를 들은 순간── 내 몸은 벼락을 맞은 듯 시간을 멈췄고, 그리고 부들부들 격렬하게 몸을 떨었다.

'욱신거려…… 하야토 군을 원한다는 욱신거림이 가시질 않아!'

배 아래가 저릿해지는 감각이 나를 괴롭혔고, 동시에 그를 생각하는 행복이 안에서부터 넘쳐흘렀다.

하야토 군의 아이를 원한다고…… 안쪽에서 온 힘을 다해 나에게 호소하는 이 감각이 너무나도 사랑스럽다.

『뭐, 남은 이틀은 할아버지, 할머니랑 잘 지내다 갈게.』

"……응, 그래. 하야토 군의 여행 이야기, 기다리고 있을게."

『물론! 그러면 아이나, 잘자.』

"잘 자 ♪"

그렇게 통화가 끝났고, 달아올랐던 몸은 급격히 식어갔다.

……아아, 난 대체 하야토 군을 얼마나 좋아하는 걸까. 가끔 문득, 만약 하야토 군을 만나지 못했고, 줄곧 그 어떤 이성도 좋아하지 못한 채 살아갔을 자신을 상상하자 굉장히 안타까운 기분이 들었다.

"아니, 하야토 군 이외의 이성을 좋아하게 된다는 선택지는 존재하지 않아. 하야토 군과 만나지 못하는 세계는 절대로 싫어."

있지, 하야토 군. 난 달콤한 독을 너에게 주입하고 싶어.

줄곧 전하기도 하고. 마음속에 품어왔던 신념—— 우리는 너의 마음을 놓치지 않도록 노력할 거야.

아무도 없는 허공으로 손을 뻗다가 다시 시선을 거울로 향했다.

오직 한 마음으로, 한 명의 남성만을 원하는 나의 얼굴. 스스로 보기에도 조금 사악하게 느껴질 정도로 일그러진 미소였다.

하지만 뭐, 전혀 신경 쓰지 않는다. 애초에 정말 그런 마음이 니까.

otokogirai na bijin
shimai wo namae
mo tsugezuni tasuketara
ittaidounaru

　조부모님 댁에서의 생활은 상상 이상으로 느긋하고 여유로웠다.

　할아버지도 할머니도 아직 건강하시지만, 젊지는 않다. 젊은 사람들처럼 활발하지는 않은 것이다.

　그러나 여기 온 이튿날, 할아버지와 함께 게이트볼과 그라운드 골프 등을 치며 놀기도 했다.

　『허어～, 이 아이가 손자 녀석이라고?』

　『아주 똑 부러지게 생겼네.』

　『장래에는 훌륭한 남자가…… 아니지, 이미 됐나?』

　『허허허! 보는 눈이 있구먼!』

　할아버지의 친구들도 함께 모여서 놀았는데, 나이가 느껴지지 않을 정도로 힘이 넘치는 분들이셨다.

　날씨가 좋은 날에는 이렇게 밖에서 스포츠를 하는 것이 일상이라고 한다. 비가 오는 날에는 가끔 볼링 같은 것도 치러가신다는 모양인데, 다들 나까지 본받고 싶을 정도로 밝고 기운이 넘쳤다.

　"순식간이었네."

　여유롭게 보냈는데도 즐거워서 그런지 시간은 빠르게 흘러갔고, 어느덧 벌써 집에 가는 날이 됐다.

　할아버지와 할머니는 크게 아쉬워하시면서도 빈손으로 돌려보낼 수는 없다고 아침부터 종이 상자에 이것저것 채우고 계셨다.

　아리사가 집에 왔던 날처럼, 여러 물건이 택배로 올 것 같다.

그나저나, 여기 머물면서 나도 모르게 아리사와 아이나의 이름을 부르는 일이 몇 번 있었다.

그녀들과의 생활이 너무 익숙해진 탓이었다. 곧바로 실수를 깨닫고는 부끄러워지고 말았다.

아무래도 내 안에 스며든 그녀들의 존재가 너무나도 큰 모양이었다.

"알고 있던 일이지만."

참고로 그 순간을 할머니가 목격하셨던 순간에는 수치심에 죽을 뻔했지만…… 굉장히 흐뭇하신 얼굴로 나를 바라보셨다.

『어머나, 하야토. 정말 많이 좋아하는가 보구나.』

……응.

진짜로 부끄러웠다고. 그 순간만큼은.

"하야토, 열어도 될까?"

"앗! 네!"

갑작스러운 할머니의 목소리에 대답하자 방문이 열렸다.

"하야토에게 보내는 짐 말고도 신조 씨네 줄 절임도 같이 넣어줄 테니까. 하야토가 대신 전해주렴."

"알았어요. 다들 엄청나게 기뻐할 거예요."

할머니가 만드신 절임은 맛있다고 동네에서 소문이 났을 정도고, 나도 이곳에 와서 반찬으로 즐겨 먹었었다.

"감사해요, 할머니."

"천만에."

생글생글 미소를 지어 보이신 할머니는 방을 나갔다.

아직 집에 돌아가는 버스 시간은 좀 남았지만, 짐을 빠뜨리거나 직전에 허둥대지 않기 위해 이미 돌아갈 준비는 마쳐둔 상태였다.

거실로 나오자, 할아버지와 할머니가 마주 앉아 차를 마시고 있었다.

"오오. 하야토, 어서 와라."

"하야토가 마실 것도 준비해 놨단다."

"감사합니다."

손짓에 따라 자리에 앉은 나는 할머니가 밭에서 따온 찻잎으로 우린 따뜻한 차를 목으로 흘려보냈다.

따뜻함과 기분 좋은 맛에 몸이 안쪽부터 데워지는 기분이었다.

아아, 그렇지. 할아버지의 손에 여기저기 끌려다닌 것도 있었지만, 할머니랑 같이 밭일도 소화하고…… 정말 여러모로 충실한 날들이었다.

"하야토가 가면 또 외로워지겠어."

"그러게요, 영감."

"……저기, 지금 정에 호소해서 붙잡으려는 작전 맞죠?"

그러자 두 사람은 들켰다는 듯이 웃어 보였다.

나는 두 분에게 사랑받고 있다는 생각에 기쁜 미소가 지어졌다.

"사실은 계속 하야토에 관해 얘기하고 있었단다."

"제 얘기요?"

"정말로 상냥하고 훌륭하게 잘 자라지 않았더냐. 네 처지를 생각하면 엇나가도 이상하지 않았는데도 말이다."

"아~."

당시 상태를 생각하면 가능성이 없지는 않았다.

초, 중학교 무렵은 인격 형성에 중요한 시기인데, 나는 그 무렵에 부모님을 연달아 잃었고, 어른의 부조리함을 겪었다.

하지만 내가 엇나가지 않은 건, 그럴 만한 이유가 있기 때문이다.

"할아버지, 할머니."

"음?"

"뭐니?"

나는 두 사람의 눈을 바라보며 말을 이었다.

"그건 아마도 돌아가신 엄마, 아빠가 바라지 않을 걸 알았다는 점과, 할아버지와 할머니의 사랑을 받고 자랐기 때문이라고 생각해요."

하늘나라에 계신 부모님께 걱정을 끼치고 싶지 않았다. 나는 한심한 모습을 보일 수 없었고, 나를 친자식처럼 아껴 주시는 조부모님께 슬픈 표정을 짓게 만들고 싶지도 않았다.

"정말 상냥한 손자야."

"암. 우리의 자랑스러운 손자이지."

"헤헤, 앞으로도 그런 말을 들을 수 있게 노력할게요."

내 말에 할아버지와 할머니는 기쁘게 고개를 끄덕이셨다. 나까지 절로 미소가 지어졌다.

두 분이 기뻐하시는 모습을 보니 기쁘다.

"저 잠깐 밖에서 산책 좀 하고 올게요. 점심 전까지는 돌아올 거예요."

"조심히 다녀와라."

"잘 다녀오렴."

"네~."

두 사람의 배웅을 받으며 밖으로 나가자, 따뜻한 햇살이 나를 맞아주었다.

돌아가기 전에 조금 더 이 경치를 눈에 담고 싶었다. 어린 시절, 아무 생각 없이 돌아다닌 이 길을.

"주위에는 논투성이, 먼 곳을 봐도 푸른색의 산뿐…… 좋다."

시기에 따라서는 개구리의 울음소리가 시끄럽지만, 그것도 풍류 같은 것이라 지내다 보면 익숙해진다. 정작 난 개구리를 싫어하지만.

"기회가 된다면 두 사람과 함께 오고 싶은데……."

아리사와 아이나는 이런 장소를 좋아할까? 두 사람은 나와 함께라면 어딜 가도 좋다고 하겠지만. 두 사람이 좋아하는 얼굴이 쉽게 상상되었다.

"응?"

한가롭게 마음이 가는 대로 걷고 있는데, 한 남자아이가 눈물 젖은 얼굴로 내 앞을 가로질러 지나갔다. 아이는 가끔 멈춰 서서

눈물을 닦고, 또다시 걷기를 반복했다.

"……으음."

보아하니 초등학교 저학년쯤 되었을까?

주변에 부모로 보이는 사람은 없었다. 몰랐으면 어쨌든, 봐버린 이상 무시하기는 어려웠다.

"이것도 인연이겠지."

나는 곧바로 남자아이에게 다가가 말을 걸었다.

"안녕, 꼬마야. 무슨 일 있니?"

"흐에?"

갑자기 말을 걸어서인지, 남자아이가 흠칫 놀랐다. 살짝 미안해졌다.

남자아이는 도망치지 않고 물끄러미 날 살폈다. 나는 아이의 앞까지 다가갔다.

"울고 있는 것 같길래 신경 쓰여서. 무슨 일 있어?"

"……."

남자아이는 고개를 아래로 향한 채 아무 말도 하지 않았다.

역시 경계하겠지. 애초에 연상의 낯선 남자를 앞에 두면 이렇게 되는 건 당연하겠다 싶어 쓴웃음이 나왔다. 도망치지 않은 게 그나마 다행이었다.

나는 남자아이와 눈높이를 맞추듯 허리를 숙이고 다시 말을 걸었다.

"우는 모습이 신경 쓰여서 그래. 무슨 일이 있었는지 알려줄래?"

"……."

남자아이가 힐끔 내 쪽을 쳐다보았지만, 여전히 입은 열지는 않았다.

이거…… 누가 보면 내가 남자아이를 울린 것처럼 보이겠는데.

하지만 이미 나선 이상 무시할 수도 없다.

'이 또래 애들의 고민이 뭐가 있을까. 친구나 부모님과 싸웠다거나?'

"아빠나 엄마랑 다퉜어?"

"……!"

남자아이가 또다시 어깨를 들썩이며 입술을 꾹 깨물었다.

그렇군, 아무래도 이 아이는 부모와 다투다가 여기까지 울면서 온 모양이었다.

"……응. 엄마랑 싸웠어."

오, 남자아이가 입을 열어주었다.

실제로 무슨 일이 있었는지를 입에 담자 억눌러왔던 감정이 터졌는지, 남자아이가 굵은 눈물방울을 뚝뚝 흘렸다.

'그러고 보니 나는 부모님과 다툰 적이 없네.'

두 분 다 일찍 떠나시는 바람에 그럴 일이 없었다.

"엄마한테 정말 싫다고…… 없어져 버리라고 말해 버렸어……! 으…… 흐아아아아아앙!!"

아이가 큰 소리로 울기 시작했다. 나는 당황하지 않고 주머니에 넣어둔 손수건을 꺼내 남자아이의 눈물을 닦아주었다.

콧물도 대량으로 흐르기에 그것은 티슈로 깨끗이 닦아주었다.

"자, 흥 해."

"응…… 흥!"

생각보다 자연스럽게 대응했다. 내게 이런 재능이 있었나? 딱히 아이들과 교류가 많았던 것도 아닌데.

'그러고 보니 전에도 이런 일이 있었던 거 같은데.'

언젠가 아리사, 아이나와 함께 거리를 걷고 있을 때, 미아가 된 남자아이를 발견한 적이 있다. 나는 이런 상황과 연이 있는 걸까.

"……고마워, 형."

"오, 감사 인사도 할 줄 알고, 훌륭하네. 멋있어."

상황에 어울리지 않는 단어였지만, 남자아이는 얼굴을 붉히며 수줍어했다.

그 후 남자아이에게 자세한 이야기를 들었다.

오늘부터 가족이 함께 외출하겠다는 약속을 했는데, 아빠가 감기에 걸려버려 일정이 취소되었고, 그 일로 엄마와 말다툼을 벌인 결과…… 이 상황이 된 모양이었다.

"그렇구나. 그거 정말 아쉬웠겠네."

"나, 계속 기대하고 있었어."

"하지만 그래도 엄마한테 싫다고 말한 게 후회되는 거지?"

"응……."

남자아이는 다시 울상이 됐지만 어떻게든 울음을 참았다. 이것 참 대견하네. 아직 나이도 어린데 부모를 생각하는 건 다정하다는 증거다.

"나…… 엄마도 아빠도 엄청 좋아하니까."

"그렇구나. 장하네."

솔직하게 부모님이 정말 좋다고 말할 수 있는 것도 착한 아이라는 증거다!

가족을 좋아한다고 말하는 아이에게서 내 어릴 적 모습이 느껴졌다.

음, 방금 만난 참이지만, 이 아이를 위해서 뭔가 해 주고 싶다.

"이제부터 어떻게 할 거야?"

"……돌아가야지…… 하지만……."

"하지만?"

"정말 싫다고 말했을 때, 엄마가 엄청 슬퍼 보였어……."

"아~……."

평소 따뜻한 가정에서 엄마와 아빠에게 큰 사랑을 받고 자란 모양이다.

아들에게 정말 싫다는 말을 들어버린 엄마의 심정을 생각하니, 더더욱 도와주고 싶었다.

"그럼 내가 같이 집까지 따라가 줄게."

"어……? 정말?"

"물론이지. 아, 난 딱히 나쁜 사람은 아니니까 안심해."

장난스러운 말투로 그렇게 말하자, 남자아이가 웃어주었다.

이 아이의 엄마는 걱정하고 있을 거다. 나는 최대한 빠르게 집에 돌려보내기 위해 아이를 등에 업었다.

"우와!"

"꼭 잡고 있어."

"응!"

생각보다 무게감이 있지만, 이 정도는 문제없다.

남자아이가 말한 방향으로 향하자, 아이는 평소보다 높은 시야가 즐거운지 한껏 들뜨기 시작했다.

"아빠가 가끔 해 주지 않았어?"

"그렇긴 한데…… 늘 일이 바쁘니까."

"그렇구나. 아빠가 피곤할까 봐 걱정이었구나. 너 진짜로 착하다."

"그래……?"

배려가 무시무시한 수준이라 장래가 유망하다.

나는 아이의 이름을 모르고 아이도 내 이름을 모르는데, 벌써 거리감이 줄고 있다.

그렇게 급격하게 친해진 와중, 문득 남자아이가 나에게 이런 질문을 던졌다.

"형네 아빠 엄마도 상냥해?"

그 질문에 나는 곧바로 물론, 하며 고개를 끄덕였다.

"엄청 상냥하셔. 나도 너랑 마찬가지로 부모님을 아주 좋아해."

"헤헷! 그렇구나!"

"그럼."

"어떤 아빠랑 엄마야?"

"다정하고 유쾌하신 분들이야. 아빠랑은 가끔 캐치볼도 했어."

"우와! 그렇구나!"

용케 술술 대답했구나 싶은 질문들이었지만, 아이의 물음이 불쾌하지는 않았다.

그렇지만 더 파고들면 대답이 막힐 거 같아서 얼버무리기로 했다.

"지금은 좀 먼 곳에 계셔서 만날 수는 없지만, 부모님께는 혼나고 싶지 않아서 나도 계속 좋은 아이로 있기 위해 노력하고 있어."

"형은 엄청 좋은 사람이야! 내가 보증해!"

"뭐야, 보증이 무슨 뜻인지는 알아?"

"으음~ 엄마가 좋아하는 텔레비전 드라마에서 나온 말이야! 그런 뜻으로 쓰는 말 아냐?"

"뭐, 틀리지는 않았네. 대단해."

"에헤헤~!"

반응 하나하나가 참 귀엽네, 이 녀석. 이런 아이를 귀여워하지 않을 부모가 어디 있을까.

남자아이의 손짓에 따라 향한 곳은 조부모님의 집에서 어느 정도 떨어진 장소였다.

집 앞에서 한 여성이 난처한 얼굴로 서 있었다.

"아, 엄마다……!"

"널 찾고 계셨던 모양이네."

꽉, 등에서 끌어안는 힘이 강해지는 느낌에 나는 괜찮다며 등을 도닥였다.

"잘 봐봐. 네가 정말 싫다고 했는데, 저렇게나 걱정하고 계시잖아. 그만큼 네가 소중한 거야."

"응……."

"제일 먼저 해야 하는 말이 뭐지?"

"미안해요……?"

"맞아, 그럼 간다?"

"응!"

우리가 다가가자, 아이의 어머니가 놀란 얼굴로 달려왔다.

나는 남자아이를 등에서 내려주고 툭, 등을 밀어 앞으로 보냈다.

"자, 힘내라, 소년."

"으, 응!"

그 후 물이 흐르듯 남자아이와 엄마는 화해했다.

남자아이는 제대로 미안하다는 사과를 건넨 뒤 정말 좋아한다는 말을 전하고 엄마를 끌어안았고…… 그리고 그런 남자아이를 엄마도 기쁜 얼굴로 강하게 껴안았다.

'후우, 남을 돕는 건 좋은 일이구나.'

어쩌면, 이런 선행으로 내 안에 외로움을 덮고 싶었는지도 모른다.

"형, 고마워!"

"정말 감사합니다."

"별일 아니니 신경 쓰지 마세요. 앞으로는 엄마를 소중하게 아껴줘야 한다?"

"응!!"

이리하여 산책길에 만난 남자아이와의 여행은 끝났다.

어느덧 시간이 점심 무렵이 되어 있었다. 나는 할머니와 할아버지가 있는 집으로 돌아갔다.

"두 사람에게 들려줄 이야기가 하나 또 늘었네."

어느 정도 걸어간 시점에서 나는 한 번 뒤를 돌아보았다.

"가족을 소중히 해."

들릴 리가 없겠지만, 나는 그렇게 말하고 걸음을 재개했다.

집에 돌아오자 딱 맞춰 정오가 되었는데, 내 상태에서 뭔가를 짐작한 것인지 할머니가 이렇게 물어오셨다.

"무슨 일 있니? 기분 좋은 얼굴을 하고 있구나."

그랬나? 자각이 없었다.

나는 남자아이와 만나 집까지 바래다준 일을 이야기했다.

"호오…… 어느 집의 아이지?"

"들으니까 왠지 알 것 같은데. 후후, 그건 그렇고 하야토답구나."

나답다라…….

나는 스스로를 성인군자라고 생각한 적은 없지만, 눈앞에서 어려움에 부닥친 사람이 있으면 돕고 싶다는 마음은 든다.

물론 한때는 그렇지 않았을 때도 있었다. 이제는 오래전 일이지만, 행복해 보이는 가족을 볼 때마다, 나랑 똑같아지면 좋을 텐데, 하는 생각을 했었다.

'그것도 그때뿐이었지만.'

스스로 불행하다고 생각하며 기분이 우울해질 바엔, 차라리 즐거운 일을 생각하는 편이 좋다.

그렇게 생각할 수 있게 된 건 아마도, 내게 축복받은 가족이 있기 때문이겠지.

"할아버지, 할머니, 감사해요."

"아, 어엉?"

"뭐에 대한 인사일까?"

글쎄, 뭐에 대한 감사 인사일까요, 하고 나는 말을 얼버무렸다.

오랜만에 조부모님과 함께 보내는 시간을 마지막까지 여유롭게 보냈다.

그리고 버스 정류장까지 바래다준 조부모님을 뒤로했다.

"……후암."

버스가 움직이기 시작하자마자 큰 하품이 나왔다.

생각해 보면 오늘 아침은 평소보다 일찍 일어났다. 남자아이까지 업고 돌아다녔으니 생각보다 피로가 쌓인 것일지도 모른다.

"아, 그거라도 볼까……."

이 졸음을 타개하기 위해, 나는 아이나가 보내주었던 그 사진을 보았다.

그러나 불시에 찾아온 것도 아니고, 이미 한 번 본 탓인지 이 무시무시한 수마를 날려버릴 만한 효과는 없었다.

"역을 지나치지 않으려면, 잠들면 안 되는데……."

으음……………….

…………

……헛?!

나도 모르게 졸고 있었다.

"…………아 몰라. 그냥 자자."

인간은 완전한 한계가 찾아오면 모든 일이 아무래도 상관없어지는 모양이었다.

최악의 경우 곯아떨어져서 지나친다 해도 어떻게든 돌아가면 되겠지, 그렇게 낙관적으로 생각하고 그대로 눈을 감았다.

다행스럽게도, 내릴 역을 놓치기 전에 잠에서 깼다. 딱 맞춰 일어난 모양이었다.

정류장에 들어서는 버스에서 아무 생각 없이 창밖을 내다보니, 익숙한 두 사람이 눈에 들어왔다.

"……어?"

왜 두 사람이 여기 있지?

잠시 멍해졌던 나는 곧바로 정신을 차리고 잊은 물건이 없는지 확인한 후 서둘러 버스에서 내렸다.

"하야토 군!"

"어서 와!"

아리사와 아이나, 소중한 내 여자친구들이 나를 마중 나왔다.

기다렸다는 듯 내 품으로 달려드는 두 사람.

양손에 짐을 들고 있어 마주 안기 어려웠지만, 어떻게든 두 사람을 품에 안았다.

"후훗, 미안해. 기다릴 수가 없었어."

"응응. 서프라이즈로 마중 나가자고 언니랑 계획했거든♪"

크으! 이 얼마나 기쁜 서프라이즈인가.

여행의 피로가 싹 가셔버릴 정도의 감동에 들고 있던 짐을 떨어뜨리지 않을까 걱정한 순간.

'……어? 아직 버스 출발 안 했지?'

버스는 아직 정류장에 멈춰있다. 당연히 아직 안에 타고 있는 승객도 있다.

"아리사 씨, 아이나 씨."

"왜?"

"응?"

나를 끌어안은 두 사람도 버스가 보일 텐데, 정작 두 사람은 뭐가 문제냐는 듯 웃을 뿐이다.

평소였다면 좀 눈치채달라는 소리가 나왔을 텐데! 그 미소가! 그 미소가 너무나도 귀여운 나머지 아무 말도 하지 못하는 내 나약함이!

"아직 뒤에 버스가 있는데요."

"아는 사람이 있는 것도 아닌데 뭘."

"상관없잖아!"

"……그렇군요."

네, 문제없다고 합니다.

버스가 떠나가도록 나는 버스에 남은 승객들의 얼굴을 볼 용기가 나지 않았다. 관심 없었을 수도 있지만…….

'미소녀 둘이 친밀하게 끌어안으며 키스를 해대는데…… 그걸 이상하게 쳐다보지 않을 수가 있을까. 두 사람은 내 당황하는 반응이 만족스러운 모양이지만.'

두 사람이 날 끌어안는 힘이 평소보다 강하게 느껴졌다.

요 3일 동안 만나지 못했던 반동일까. 그러면 조금 기쁠 것 같은데.

"아리사, 아이나. 다녀왔어."

두 사람은 미소를 지으며 고개를 끄덕였다.

"응, 어서 와, 하야토 군."

"응! 잘 왔어, 하야토 군!"

겨우 3일 못 만났을 뿐인데, 그동안 너무 농밀한 일상을 보낸 탓인지 두 사람의 미소가 무척이나 사랑스럽게 느껴졌다.

잠시 이 여운을 즐기듯이 서로 끌어안은 후, 우리는 집을 향해 걸어갔다.

"아, 그러고 보니 하야토 군, 하야토 군."

"왜?"

"내가 보낸 사진, 아직 남아 있지?"

"사진이라니? 그게 무슨 말이야?"

아리사가 무슨 말인지 몰라 고개를 갸우뚱한다.

"언니한테는 얘기 안 했는데. 언제든지 전화나 메시지를 주고받을 수는 있지만 만날 수는 없으니까. 그래서 외롭지 말라는 뜻에서 야한 사진을 보냈거든."

"흐음~?"

"덕분에 졸음이 싹 갔습니다."

어떤 의미에서 그 사진은 졸음에 허덕이던 내 구세주였다.

사진은 내 스마트폰에 남아 있다. 영구 보존이다. 아깝게 그걸 왜 지워!

"어떤 사진을 보냈는데?"

아리사의 물음에 나는 아이나를 쳐다봤다.

그녀가 상관없다며 씩 웃고 있었기에, 그녀가 보내주었던 사진을 아리사에게 보여주었다.

이거 기분이 묘하게 민망한데.

"……나도 보낼 걸 그랬어."

사진을 본 아리사가 그렇게 중얼거렸다. 그러자 아이나가 눈을 빛내며 아리사를 안았다.

"그럼 말야! 이번에는 둘이 같이 찍어서 보내자. 둘 다 하야토 군의 셔츠만 걸친 채로 이렇게 가슴을 서로 밀어붙이듯이 누르고 있는 야한 사진!"

"자, 잠깐, 아이나……."

당황하는 아리사를 향해 아이나가 풍만한 몸을 꾹꾹 밀었다.

둘 다 고등학생을 초월한 몸매를 하고 있기에, 이렇게 몸을 맞대면 큰 가슴이 크기를 주장하듯 형태를 바꿔나간다.

부드러운 것에 부드러운 것이 닿으면 어떻게 되는가…… 그 세기의 실험이 눈앞에서 실현되고 있다. 나는 봐서는 안 된다는 것을 알면서도 시선을 피하지 못했다.

"봐봐, 언니. 하야토 군이 보고 있는데?"

"하야토 군은 이런 걸 좋아해?"

나는 차마 부정할 수 없어서 순순히 고개를 끄덕였다.

이거, 정말로 그런 사진을 보내려는 걸까. 조금 기대되는데.

"후훗, 하지만 하야토 군은 사진이 아니라 실물을 볼 수도 있잖아? 둘 중에 어느 쪽이 좋아?"

"……나도 궁금해."

"어, 그건…….."

또다시 대답이 곤란한 것을 묻는군요, 두 분! 사진과 실물은 각각의 장점이 있다고요.

나는 적당히 에둘러 대답했다.

"각각의 장점이 있지만, 나는 역시 두 사람이 곁에 있어 주는 게 제일 기뻐. 이야기를 나누고 서로 닿을 수 있는 거리. 그게 제일 행복해."

전혀 에둘러 말하지 못했다.

아이나가 대뜸 내게 달려들었다.

"나도 그래! 이렇게 하야토 군을 만지는 게 정말 좋아."

귓가에 그렇게 말한 아이나에게 대항하듯, 아리사도 똑같이 몸을 기댔다.

"나도 마찬가지야. 하야토 군과 닿아있는 거, 너무 좋아."

두 사람과 이러고 있으니 돌아왔다는 실감이 들었다.

양쪽에서 느껴지는 부드러운 감촉에 평소 같으면 심장이 두근거렸을 테지만, 오늘은 안심감이 더 컸다.

두 사람 다 내가 짐을 안고 있는 것을 배려한 것인지 내가 힘들지 않도록 곧바로 떨어졌다.

"계속 이러고 있으면 집에 못 돌아가겠지."

"후후, 엄마도 하야토 군을 보고 싶어 하니까 돌아갈까?"

아무래도 사키나 씨도 기다려 주고 계신 모양이다. 그 후 우리는 곧장 걷기 시작했다.

우선은 짐을 놔두기 위해서 우리 집에 들른 뒤 가벼워진 몸으로 신조네로 향했다. 가는 동안 아리사와 아이나는 나에게서 떨어지지 않고 꼭 붙어있었다.

"저쪽에 있는 동안, 평소대로 두 사람이 곁에 있다고 착각해서 실수로 이름을 부른 적이 몇 번 있었거든. 그때마다 여기는 조부모님 댁이라는 걸 떠올리고 웃었어."

두 사람의 온기를 느낀 탓일까, 자연스럽게 그런 말이 나왔다.

"그래?"

"아하하♪ 우리의 존재가 하야토 군의 영혼에 깊게 새겨진 게 아닐까?"

"그럴지도 몰라."

그렇게 심취해도 괜찮을까 걱정이지만, 부정은 하지 못했다.

그녀들이 사는 집이 눈에 들어오자, 나의 팔을 끌어안는 두 사람의 힘이 강해졌다.

두 사람이 내 귓가에 속삭였다.

"말했잖아? 좀 더 빠져달라고."

"맞아. 좀 더 좀 더. 우리한테 빠져들게 해줄게!"

그녀들의 그 말은 끈끈하게 달라붙는 거미줄 같았다.

인간에게 거미줄이나 거미집을 부수는 건 그다지 어렵지 않은 일이다.

하지만 만약 그녀들의 말이 실이 되어 집을 만들고 나를 둘러싼다면, 그보다 더 안락할 수는 없을 것이다.

거미가 아니라 안락함에 빠트리는 악마에 가까울지도…….'

악마라고 해도 아리사와 아이나라면 귀엽고 야할 뿐이다.

그런 생각을 하고 있으니 벌써 현관에 도착했다. 이 집에 사는 두 사람이 있었기에 굳이 인터폰을 누를 필요는 없었다.

현관문을 열고 안으로 들어간 순간, 부드러운 목소리가 나를 맞이했다.

"어서 와요, 하야토 군."

"실례합니다, 사키나 씨."

사키나 씨가 그곳에 서 있었다.

고등학생 딸 둘이 있다고는 생각할 수 없을 정도로 젊은 모습에,

안 된다는 것을 알면서도 두근거림을 느꼈다. 그 정도로 사키나 씨는 매력적이다.

"곧 올 것 같아서 기다리고 있었는데, 마침 타이밍이 좋았네요."

아무래도 사키나 씨는 이곳에서 우리를 기다리고 계셨던 모양이다.

아리사나 아이나만큼 함께 지내는 건 아니지만, 그래도 따스하게 맞아주는 그녀의 목소리에 큰 안도감이 들었다.

신발을 벗고 집으로 들어가자, 사키나 씨는 기다렸다는 듯이 팔을 벌리더니 꼭 안아주셨다.

"어서 와요가 아니었죠. 잘 다녀왔어요? 하야토 군."

"아하하, 다녀왔습니다."

그래. 이제 이곳은 남이 아니라 우리가 된 것이다.

'다만 요즘 사키나 씨의 모성 파워가 점점 더 강해지는 거 같단 말이지.'

나에게 있어서 사키나 씨는 여자친구 두 사람의 엄마였지만, 최근의 사키나 씨가 발하는 폭력적일 정도의 모성애에 조금 번민을 느끼고 있었다.

특별히 무언가가 달라진 계기에 짐작 가는 것은 없었지만, 굳이 말하자면 얼마 전 사키나 씨가 감기로 앓아누운 일이 있었는데…… 그때부터일까? 그때 내가 간병했는데, 마치 그 대신이라는 듯 응석을 받아주는 기분이 들었다.

"저기, 사키나 씨?"

"조금만 더 이렇게 하게 주세요. 옳지. 옳지. 아주 멋져요, 하야토 군."

날 끌어안는 힘이 더 강해졌다.

내 머리를 쓰다듬는 손길이, 그녀의 품에서 벗어나려는 내 의지를 빼앗았다. 아리사와 아이나와는 다른 방식으로 나를 못 쓰게 만들고 있다.

"욕실 준비를 하고 올게."

"응~. 앗, 엄마! 이제 그 정도면 됐잖아~."

아이나가 우리 사이에 팔을 넣어 우리 둘을 갈라놓았다.

그러자 사키나 씨의 쓸쓸한 듯한 소리를 흘렸다. 나는 무심코 또 나중에 부탁한다고 말해 버렸다.

"좋아요!"

"하여간! 하야토 군은 엄마한테 너무 약해!"

아니, 이런 귀여운 여성 앞에서는 어쩔 수 없다니까.

그리고 사키나 씨를 상대하는 건 아이나와 아리사가 압도적으로 약하잖아.

거실로 향한 나는 선물을 테이블 위에 올려두었다.

"이거, 저희 할머니가 만든 절임이에요. 갖다주라고 하셔서요."

"어머나! 이렇게 기쁠 데가!"

사키나 씨는 환하게 웃으며 절임이 든 용기를 바라보았다.

이렇게까지 기뻐하는 모습을 보시면 할머니도 무척 뿌듯하시지 않을까. 앞으로는 이곳의 주소를 물어서 직접 보내주시는 일도 생길 것 같다.

"나랑 언니는 잘 안 먹는 편인데, 하야토 군이 가져왔다면 맛있을지도?"

"응, 내가 객관적으로도 맛있다고 생각해."

"그래? 그러면 당장 오늘 저녁에 먹어봐야겠다!"

저녁 식사 때 들을 감상이 기대되네.

"아, 잠깐만."

나는 일단 그 자리에서 벗어나 스마트폰을 손에 들고 전화를 걸었다.

『여보세요?』

"아, 할머니? 무사히 도착했다고 전해드리려고요."

필요 없을지도 모르지만, 무사히 잘 돌아왔다는 연락은 해 둬야겠다고 생각했다.

『그러니? 할아버지한테도 전해줄게.』

"네. 아무 걱정하지 마시라고 전해주세요. 아, 그리고 사키나 씨에게 절임을 전했더니, 엄청나게 기뻐하셨어요. 당장 오늘 저녁으로 먹기로 했어요."

『어머, 그래? 기뻐해서 다행이구나.』

"네, 정말……."

나는 말을 하다 말고 삼켰다.

내 뒤에서 몸이 딱 달라붙을 만큼 세 사람이 내 통화에 귀를 기울이고 있었다.

'다들 대화가 궁금한가 보네.'

관심이 가득 담긴 얼굴로 곁에 있는데, 설마 사키나 씨까지 이런 행동을 할 줄은 몰랐던 나는 무심코 세 사람 다 귀엽다는 생각에 쓴웃음을 짓고 말았다.

『왜 그러니?』

"아니, 지금 신조네 집에 있는데. 대화 내용이 궁금한지 다들 바로 옆에 있어서요."

『어머, 그러니?』

아, 내가 이른 탓에 세 사람 다 휙 멀어진다.

세 사람의 앗, 하는 목소리가 할머니께도 들렸는지, 전화기 저편에서 할머니가 즐겁다는 듯 웃으시며 나에게 이런 제안을 해 왔다.

『하야토, 괜찮다면 스피커로 좀 해 주겠니?』

"네? 아, 네."

그녀의 부탁에 통화를 스피커 모드로 바꾸자, 조금 음질은 나쁘지만, 스마트폰에서 할머니의 목소리가 울렸다.

『아리사와 아이나, 그리고 사키나 씨, 안녕하세요.』

"아, 안녕하세요……!"

"안녕하세요!"

"후훗, 오랜만이에요."

몇 번인가 대화를 주고받은 사키나 씨는 그렇다 치고.

아리사는 긴장한 모습이었지만, 아이나는 조금도 긴장한 기색

없이 평소와 같은 모습이었다.

『사키나 씨에게는 늘 전하고 있지요. 이번에는 아리사와 아이나에게 감사의 말을 전하고 싶었어요── 언제나 하야토를 지켜봐주고 지탱해 줘서 고마워요.』

할머니, 가능하면 이런 대화는 내가 없을 때 해 주시면 좋겠는데요……. 덕분에 민망함은 내 몫이었다.

하지만 이런 상황에서 끼어들 수 있을 리가 만무했고, 나는 얼굴이 뜨거워지는 것을 참으며 그녀들의 대화에 귀를 기울였다.

"아뇨, 저희가 하고 싶어서 하는 거니까요. 하야토 군을 지탱해 주고 싶어요. 저희를 도와준 그를."

"저희에게 있어서 하야토 군은 단순한 생명의 은인이 아니에요."

『세상에나, 이 정도로 사랑받다니 복이 많은 녀석이구나, 하야토.』

"응, 맞아. 나도 그렇게 생각해."

부끄럽다. 하지만 그 이상으로 두 사람의 말이 기뻤고, 할머니의 상냥한 목소리가 마음에 조용히 스며들었다.

『사키나 씨에게는, 또 밤에 전화해도 될까요? 늘 그렇지만 어른인 우리들은 한번 이야기를 꺼내기 시작하면 멈출 수가 없으니까요.』

"후훗, 그렇군요. 그럼 저녁 식사 후에 어떠세요?"

『좋아요. 그럼 기다릴게요, 사키나 씨.』

"네. 기대하고 있을게요."

사키나 씨랑 할머니, 정말 사이가 좋으시네.

할아버지와도 사이가 좋고, 게다가 어른들끼리 나눌 수 있는 이야기도 있을 테니까. 좋네, 이런 거.

『이번에는 하야토만 이쪽에 왔지만, 괜찮다면 세 사람도 다음에 꼭 놀러 와요. 특별한 건 없지만, 기쁘게 환영할게요.』

"당연하죠!"

"꼭 갈게요!"

"감사합니다."

그 후 짧은 대화를 끝으로 통화를 종료했다.

"하야토 군의 할머니, 목소리가 굉장히 상냥하시다!"

"응. 뭔가 이렇게 폭 감싸주는 것 같은 포용력이 느껴져."

포용력이라. 과연, 그럴지도.

확실히 할머니는 무척이나 상냥하시고 배려심도 많다. 젊을 때는 할머니는 근처에서 아이돌 수준으로 인기가 많았다고 한다. 술에 취한 할아버지한테 들은 이야기라서 불확실하지만.

"포용력 말이지……."

아리사와 아이나도 포용력은 꿀리지 않는다고 생각한다. 물론 사키나 씨는 말할 것도 없고.

최근에 사키나 씨의 포용력은 정말이지 굉장했다. 나도 모르게 엄마라고 부를 뻔했을 정도였다. 처음에는 내가 드디어 정신이 나갔나 했지만, 최근에는 딱히 상관없지 않을까 하는 생각이 들기 시작했다. 이것도 사키나 씨의 영향이다.

『언제든지 진짜 엄마라고 생각해 줘도 괜찮아요.』

압도적인 모성애만으로도 머리가 어지러울 정도인데, 최근에는 관계를 좁혀오는 압박감까지 느껴진다.

아무리 그래도 후자는 나의 착각이겠지…….

사키나 씨와 있으면 묘하게 사로잡히는 느낌이 있다. 심지어 나는 그걸 싫게 여기지 않는다.

마치 무수히 둘러쳐진 어지러운 분홍색 실뭉치 속에서 헤매는 기분이라고나 할까. 빠져나가려고 발버둥 치면 칠수록 더 얽매이게 된다. 부드럽고 유연하지만, 결코 쉽게 끊어지지 않는다. 사냥감은 점차 저항할 기력을 잃고 최후의 순간을 기다릴 뿐이다.

"하야토 군?"

"왜 그래?"

"어?!"

생각의 바다에 잠겨 있던 나를 아리사와 아이나의 목소리가 끌어올렸다.

순간적으로 두 사람의 모습이, 사랑스럽고 귀여운 소녀의 모습이 아니라 서서히 손을 뻗어오는 무언가로 보였는데……. 으음, 버스 안에서 어중간하게 자서 아직 졸음이 다 빠지지 않은 모양이다.

"아무것도 아니야. 그냥 피로가 좀 쌓였나 봐."

"그렇구나. 엄마, 오늘은 저녁을 일찍 먹을까요?"

"그러자꾸나. 그럼 하야토 군은 먼저 목욕하고 와요."

"감사합니다."

"……우훗♪"

"아이나, 넌 여기서 움직이는 거 금지."

"어째서?!"

"어차피 욕실로 돌격할 궁리 중이었겠지."

말려줘서 고맙다며 쓴웃음을 지어 보인 나는 첫 번째로 목욕했다.

그 뒤에 차례차례 아리사와 아이나도 목욕을 마쳤고, 평소보다 훨씬 이른 저녁을 먹게 되었다.

곧바로 할머니의 절임 요리를 선보일 수 있었는데, 아이나가 절임 요리가 마음에 들었는지 누구보다 적극적으로 먹었다.

『조금 짠 것 같긴 한데 중독되는 맛이야!』

『그러네. 양념이 정말 절묘해.』

『……담그는 법을 물어보고 싶어.』

이런 대화가 오갔는데, 만약 들었다면 할머니도 무척 기뻐하셨을 거다.

저녁 식사 때 저쪽에서 있었던 일을 꽤 오래 이야기한 탓에, 다 먹은 뒤에도 우리는 테이블을 떠나지 못했다. 도중에 내가 성대할 정도의 하품을 하고 나서야 대화는 간신히 막을 내릴 수 있었다.

"후아암……."

"꽤 졸려 보이네?"

"응, 이젠 한계인 것 같아."

시간은 저녁 9시.

오늘 내가 묵을 장소는 아리사의 방이었지만, 아마 아이나도 들어오려고 하겠지.

"먼저 잘래? 아이나도 이제 막 이를 닦으러 갔으니까 돌아오려면 좀 기다려야 될 거고."

"응, 아리사."

몸에 힘을 쭈욱 빼면서 아리사에게 기댔다.

바닥에 이불이 깔려 있었기에 그냥 누워도 됐지만, 아리사는 나를 다정하게 끌어안은 채 천천히 몸을 뒤로 넘어뜨렸다.

"정말 피곤한 모양이네. 좀 더 이야기를 듣고 싶었는데, 내일도 모레도 쉬니까 오늘은 참을까?"

"그렇게 해 줄래? 후암."

"하품이 멈추질 않네. 어쩐지 나도…… 후암."

나를 따라 아리사도 작게 하품했다. 하지만 아리사는 아이나가 돌아오기 전까지는 잠들지 않을 것 같다.

"아리사……."

"귀, 귀여워……가 아니라, 왜?"

"할아버지와 할머니네에 가서…… 새삼스럽게 생각했어. 나는 굉장히 운이 좋다고…… 이 인연을 더 소중히 하고 싶다고."

"그래."

"물론 아리사와 아이나도 마찬가지야. 나는 아리사와 아이나를 정말 좋아해."

"나도 정말 좋아해. 물론 아이나도 그렇고."

이제는 스스로 무슨 말을 하는지 모를 정도로 정신이 몽롱했다.

아리사는 자신의 침대에서 자야 하는데…… 내가 이러고 있으면 아리사가 침대에 갈 수가 없는데…….

"이대로 괜찮아. 침대는 아이나에게 양보하지, 뭐."

"……그래?"

"불평은 못 할걸."

오우…… 졸음기가 살짝 달아났을 정도로 무서운 말투였다.

아이나가 돌아오면서 작은 소리로 언쟁이 벌어진 것 같지만, 결국 나는 그대로 잠에 빠져서 들을 수 없었다.

다음 날 아침, 나는 두 사람 사이에 끼인 상태로 눈을 떴다.

덕분에 나는 아침의 생리 현상에 안절부절못하는 신세가 됐다.

otokogirai na bijin
shimai wo namae
mo tsugezuni tasuketara
ittaidounaru

『아리사…… 으음.』

조금만 방심해도 떠오르는 그의 얼굴…… 정말이지 너무 좋고 사랑스러워서 견딜 수 없는, 귀여운 하야토 군의 자는 얼굴이 잊히지 않는다.

하야토 군의 여러 얼굴을 봐왔다. 멋진 얼굴, 귀여운 얼굴, 진지한 얼굴. 이렇게 새로운 그의 얼굴을 볼 때마다 나의 기억도 새롭게 바뀌어 간다. 오래된 기억에서 새로운 기억으로.

점점 다시 덧칠되어 가는 기억이 아쉽기도 하지만, 새로 덧칠한 기억도 하야토 군이나 아이나, 엄마와의 추억이기에 기뻤다.

"……후훗, 정말 멋져."

"아니, 전혀 멋지지 않아, 언니."

옆에서 그런 불평이 날아왔다.

혼잣말을 들은 것은 어쩔 수 없다고 쳐도, 이 기분을 멋지지 않다고 말한 것은 조금 의외였다.

나는 아이나를 강하게 쏘아보았다.

"아이나, 나는 말이지──."

"지금 손에 들고 있는 게 뭔지 보고 다시 말해봐."

"어라……?"

나는 반사적으로 자기 손을 바라보았다. 손에는 놀이용 수갑이…… 어라?

"나는 도무지 여자애가 미소 지으며 들고 있을 만한 물건이 아니라고 생각하는데."

"……어머, 나도 참."

나는 황급히 그것을 제자리에 돌려놓았다.

이 큰 쇼핑몰 안에서 뭘 보고 있는 건가 싶어서 살짝 민망했지만, 하야토 군이 이런 것을 써줬으면 할 정도로 내 존재를 구속해 주기를 바라는 마음이 표출된 것뿐이다. 응, 아주 건전한 감정이다.

"크흠, 아이스크림 먹을래?"

"……좋아. 저기서 살까?"

아이스크림 가게에 다가가 각자 초콜릿 맛과 바닐라 맛 아이스크림을 주문했다.

곧바로 완성된 아이스크림을 받아 든 우리는 휴식을 위해 벤치에 앉아 아이스크림을 즐겼다.

"맛있네."

"맛있다아."

바닐라의 달콤함에 행복한 기분을 느끼면서, 동시에 하야토 군은 지금 뭘 하고 있을까 생각했다.

오늘은 골든위크 마지막 날.

실은 오늘도 하야토 군과 함께 보내고 싶었지만, 그의 친구들에게서 놀자는 권유를 받은 모양이라, 그쪽을 우선하라고 했다.

나와 아이나는 언제나 하야토 군이 곁에 있기를, 계속 우리만 보기를 바란다. 하지만 그런 고집으로 그의 교우 관계까지 막고 싶지는 않다.

"언니, 지금 하야토 군 생각하고 있지?"

"너도 그렇잖아?"

"그렇지 ♪ 친구들과 재미있게 놀고 있을까?"

"아마도."

하야토 군과 친구들은 무척 사이가 좋아 보였으니까.

실은 이렇게 쇼핑몰에서 아이나와 대화하며 아이스크림을 먹는 이 순간에도 여전히 시선을 느낀다.

'……역시 보고 있네.'

우리 외모가 다소 눈에 띄는 건 알고 있지만, 딱히 원한 것도 아니고 누군가에게 자랑하고 싶은 것도 아니다.

하야토 군과 지내면서 다소는 익숙해졌지만, 역시 다른 사람들의 시선은 불쾌했다.

이런 점을 보면 내가 누군가를 좋아하게 된 건 기적이 아닐지 싶은 생각이 들기도 한다. 오로지 싫기만 했던 남성에게, 자신을 만져주기를 바라고, 오직 그만의 존재가 되고 싶다고 생각하게 됐으니까.

"자아, 다음은 어디로 갈까?"

"잡화 쪽을 좀 보고 싶은데."

"좋네! 괜찮은 거 있으면 엄마한테도 사 가자!"

번쩍 몸을 일으킨 아이나가 표적을 조준하듯 쓰레기통을 향해

다 먹은 쓰레기를 던졌다. 쓰레기는 깔끔하게 쓰레기통의 구멍으로 들어갔다.

"와아!"

기뻐하는 중에 미안하지만, 결과적으로 성공했다고는 해도 바르지 못한 행실을 언니로서 지적할 수밖에 없다.

"예의 없게 그러면 안 되지. 제대로 가져가서 버려."

"네에~."

반성의 기색을 조금도 찾아볼 수 없는 아이나의 모습에 한숨을 내쉬었지만, 이 아이는 한 번 주의를 주면 두 번은 하지 않을 정도로 착한 아이인 것도 알고 있으니, 앞으로는 문제없을 것이다.

"흐흐흥 ♪"

"기분이 꽤 좋아 보이네?"

"응! 언니와의 외출이니까. 당연히 기분 좋지!"

"귀엽기는."

"헤헤~."

나도 아이나를 무척 아끼고 사랑하지만, 이 아이는 아마 나 이상이 아닐까.

그 사랑을 헛되이 하지 않기 위해서라도, 나도 이 아이의 언니로서 더 당당해져야겠지.

"자, 가자."

"렛츠 고!"

잡화점에 가서 쇼핑하고 나니 마침 점심시간이었다. 시간에 맞춘 듯 배에서 꼬르륵하는 소리가 울렸다.

"웃……."

생리 현상이니 어쩔 수 없지만, 역시 배에서 소리가 나는 것은 부끄러웠다.

"언니, 배고프구나?"

"아이나!"

이런 건 지적할 필요 없어!

아이나에게서 휙 고개를 돌린 나는 빠르게 앞장서 걸음을 서둘렀다.

"미안해, 언니! 나도 배고파. 빨리 점심 먹고 싶다!"

"정말로 기운만 넘쳐서는."

"에헤헤~ 아, 저기로 갈까?"

아이나가 손가락으로 가리킨 곳은 돈가스 덮밥집이었다.

쇼핑몰 안에는 다양한 레스토랑과 식당이 들어서 있었는데, 이런 메뉴는 거의 가본 적이 없다.

가게 안은 손님들로 북적이고 있었고, 입구의 간판에는 당당하게 인기 가게라고 하는 홍보 문구가 붙어있었다.

"기회가 아닐까? 우리는 저런 가게는 거의 안 가봤잖아? 친구들이랑 같이 놀 때는 대부분 패밀리 레스토랑뿐이고."

"그렇긴 하지."

"그러니까 가보자. 사진만 봐도 엄청 맛있어 보여."

"알았어. 가자."

돈가스 덮밥이라.

아이나와 함께 가게에 들어서자, 기운 넘치는 남성 점원의 목소리가 울려 퍼졌다.

"어서 오십쇼~!"

그 목소리에 이어 다른 점원의 목소리도 울려 퍼진다. 가게의 유쾌한 분위기가 느껴졌다.

가게 안은 사람으로 가득했지만, 다행히 우리 두 사람이 앉을 자리는 비어 있었다. 우리가 와서 딱 만석이 된 모양이었단.

"아슬아슬했네."

"조금 더 있었으면 기다릴 뻔했다."

만약 그렇게 됐다면 그에 맞춰 또 다른 가게에 갔겠지만, 가게에서 풍겨오는 이 맛있는 향기를 맡으니…… 묘한 기대감이 차올랐다.

곧바로 주문을 마치고 아이나와 잡담을 나누고 있자 생각보다 빠르게 2인분의 돈가스 덮밥이 도착했다.

"웃…….."

맛있어 보이는 돈가스 덮밥으로 인해 또 한 번 배에서 소리가 나버렸지만, 이번에는 아이나가 듣지 못한 것 같아 속으로 안심했다.

"잘 먹겠습니다."

"잘 먹겠습니다!"

한 입을 먹어보자…… 맛있다.

정말 단순한 감상이지만, 정말 맛있다. 매일 다닐 정도는 아니지만, 주기적으로 오고 싶다는 생각이 들 정도로는 맛있었다.

"언니."

"왜?"

"실은 오늘도 계속 하야토 군과 함께 있고 싶었지?"

"당연하지. 그러는 넌 어떤데?"

"나도 그래!"

아이나가 굳이 그런 것을 묻지 않아도, 그리고 내가 아이나에게 그것을 묻지 않아도 이 대답은 정해져 있었다.

"하야토 군을 불러낸 친구들이 불만이야?"

"그런 건 아니야. 그렇게까지 하면 여자친구 이전에 사람으로서 문제가 있는 거잖아."

그렇지. 그 대답도 알고 있었다.

아이나는 이미 돈가스 덮밥의 반을…… 반?! 빠, 빠르네…….

"꼭꼭 씹어서 먹어야지."

"알고 있어~. 하지만 너무 맛있는걸."

하여간 이 아이는…….

혹여나 매너 없이 먹었다면 곧바로 주의는 주었겠지만, 아이나가 그럴 일은 없다.

누구라도 밥 정도는 마음 편히 먹고 싶은 법이다. 무엇보다 마주 보고 앉은 아이나가 행복한 얼굴로 밥을 먹는 모습은 정말로 귀여웠다.

'아이나의 웃는 얼굴만으로 만족스럽다니, 참 신기하단 말이지.'

이게 여동생을 둔 언니의 기분인 걸까.

몇 분 후—— 아이나는 이미 다 먹었고, 나도 조금 늦게 다 먹었다.

"후우, 잘 먹었습니다."

"잘 먹었습니다! 맛있었어."

"응, 정말 맛있었네."

다만 꽤 양이 많았던 덕분에 생각보다 배가 더 불렀기에, 조금만 더 쉬다가 가기로 했다.

"그럼 나 아이스크림 주문할래."

"또?"

"살찔까봐 걱정하는 거야? 전부 가슴으로 가니까 괜찮아."

"딱히 그런 건 아니지만…… 정말 잘 먹네."

"한창 자랄 나이니까!"

그건 그렇지만, 지방이 가슴으로 가도 문제 아닐까…….

"왜 그래? 내 가슴을 그렇게 빤히 바라보고."

"아니, 지금보다 더 커지면 그건 그것대로 힘들지 않을까 해서."

"음…….."

아이나는 자기 가슴을 손으로 들더니 천천히 위아래로 움직였다.

"지금보다 더 무거워지면 곤란하긴 하겠다. 모양을 유지하는 것도 쉽지 않을 거고. 근데 뭐, 그때는 어쩔 수 없지 않을까?"

"그건…… 그렇지."

"지금 와서 더 커지는 걸 신경 써봤자 소용없다고 생각해. 오히려, 차라리 이게 다행 아닐까?"

"음? 왜?"

아이나가 생글생글 웃으며 말을 이었다.

"하야토 군은 큰 걸 좋아하잖아."

"훗……."

무심코 웃음이 새어 나왔다.

우리가 하야토 군을 두고 이런 이야기를 하는 걸 알면 분명 그는 부끄러워하겠지. 그런 부분조차 사랑스럽게 느껴지지만.

아이나는 이야기가 나와서 신경 쓰였는지, 강약을 조절하며 계속 자기 가슴을 조물조물했다.

칸막이 때문에 다른 자리에서는 안 보인다고 해도 너무 대담한 게 아닐까……. 나도 남 말할 처지는 아니지만, 하야토 군만 관련되면 무자각하게 변하니, 사랑이란 참 무섭다.

"오래 기다리셨습니다."

"아, 왔다~!"

주문한 아이스크림이 도착하자 아이나는 곧바로 가슴에서 손을 뗐다.

딸기 맛 아이스크림을 열심히 입으로 가져가는 아이나를 바라보며 나는 조용히 여유로운 시간을 만끽했다.

"잘 먹었습니다."

"정말 다 먹었네."

"디저트는 다른 배니까. 하지만 나보다도 언니가 디저트를 더 좋아했던 것 같은데."

"난 너처럼 배가 따로 있는 것 같지는 않아."

"그거 안 됐네."

잠깐, 나눠 먹지 못해서 아쉽다는 표정 짓지 마.

말하지 않아도 표정으로 내 생각을 짐작했는지, 아이나가 혀를 쏙 내밀며 미안하다고 사과했다.

"딱히 상관없어. 새삼스럽게 너에게 화낼 일은 없으니까."

"역시 언니야! 사과의 뜻으로 뽀뽀해 줄게!"

"필요 없어. 잠깐, 아이나! 떨어져!"

이 이상 시끄럽게 구는 것도 좋지 않을 것 같아 계산을 마치고 바로 가게를 나섰다.

정말 당장이라도 키스할 기세로 달라붙는 아이나를 필사적으로 떼어내려고 하는데, 힘이 너무 세다! 대체 어디서 그런 힘이 나오는 건가.

"잡았다아~!"

"꺄악!"

꽈악, 있는 힘껏 아이나에게 끌어안겼다.

대체 뭘 할 생각인가 싶어 마음의 준비를 했는데, 아이나는 단순히 이러고 싶었을 뿐인 듯했다.

"저기 벤치에 잠깐 앉을까?"

"……알았어."

아이나가 자리를 잡아둔 벤치에 앉았다.

아이나는 한동안 내 가슴에 얼굴을 파묻고는, 만족했는지 겨우 몸을 풀어주었다.

"그래서, 무슨 일이야?"

"아니, 딱히. 다만—— 하야토 군이 저쪽에서 돌아왔을 때, 버스 정류장으로 마중 나온 우리를 봤을 때의 얼굴, 기억해?"

"물론이지. 그때 그 표정은——."

나와 아이나가 함께 계획한 하야토 군의 마중…… 그때 보여주었던 그의 표정은, 나의 마음을 떨리게 했다.

겨우 3일 정도 좀 떨어진 거리에 있었을 뿐…… 그럼에도 하야토 군은 우리를 본 순간, 정말로 보고 싶었다는 심정을 대변하듯 그 표정을 환한 미소로 물들였다.

"우리를 원하는 얼굴이었어. 물론 그가 우리를 좋아하고 원하는 건 알고 있지만, 그건 지금까지보다 더 우리에게 푹 빠져들었다는 증거였으니까."

아아, 정말, 정말로 이런 목소리로 대체 무슨 말을 하는 걸까.

나는 하야토 군을 사랑하고 있다. 그의 것이 되고 싶다는, 그런 말도 안 되게 무거운 마음을 품고 있으면서, 우리의 사랑에 빠져드는 그를 보며 황홀함에 젖는 지독한 여자다.

"후훗, 나도 마찬가지야. 하야토 군의 그 표정을 봤을 때, 우리들이 마음속에 그리는 상태에 꽤 가까워졌다는 생각이 들었어♪"

나와 같은 목소리로, 그리고 분명 같은 표정으로 아이나가 그렇게 말했다.

"하지만……."

"하지만……."

그리고 우리는 거의 동시에 '하지만' 하고 말했다.

나는 아이나를 마주 보고, 소리가 사라진 세계 속에서 입을 열었다.

"우리도 마찬가지지."

"맞아. 겨우 3일, 전혀 닿을 수 없다는 사실만으로도 외로웠어."

"그를 참을 수 없이 만지고 싶고, 참을 수 없이 만져주기를 바라고."

"그 눈동자로 바라봐 주면 좋겠어. 구멍이 날 정도로 바라봐 줬으면 좋겠어."

"그가 우리에게 빠져들었으면 좋겠어. 하지만 그 이상으로 우리는 그에게 빠져들었지."

"우리들은 이제 하야토 군이 없으면 안 돼. 우리가 하야토 군보다 더 푹 빠져버렸어."

그런 식으로 이야기하며 서로를 바라보았고, 그리고 우리는 키득거리며 누가 먼저랄 것 없이 웃음을 터뜨렸다.

"이거, 안 되겠네."

"그러게. 이러니저러니 해도 우리가 결국 제일 무거운걸."

우리의 사랑은 무겁다. 세상에서 흔히 말하는 무거운 여자다.

하지만 하야토 군은 이 무거운 사랑을 받아준다. 그렇다면, 그 사랑을 받아주는 하야토 군을 더욱 감싸는 것이 우리들이 바라는 형태.

"우리, 하야토 군과 만난 지 아직 1년도 안 됐는데 벌써 이러면, 앞으로는 어떻게 될까?"

그건…… 어떤 식으로 될까.

나와 아이나는 어쩔 수 없다는 듯이 웃었지만, 서로가 아무리 해도 그 내면의 감정까지는 속일 수 없었다. 우리의 눈동자는 분명 서로를 비추고 있었지만, 어디까지나 서로의 눈동자 속에는 하야토 군의 모습이 있었으니까.

"후훗!"

"아하핫!"

서로를 지그시 바라보는 건 여기까지 할까.

우리는 일어나서 쇼핑을 재개했다.

아아, 하야토 군이 보고 싶다.

빨리 시간이 흘러서 저녁이 되면 좋겠다.

"……흐에취!!"

"어머나, 감기인가요?"

"아뇨…… 누가 제 얘기를 하는 거 아닐까요?"

사키나 씨가 스윽 손을 뻗어 내 이마를 만져본다.

저기~ 감기는 아닌 것 같으니까 굳이 이마에 그렇게 손을 얹지는 않으셔도 될 것 같은데요.

하지만 이 배려를 거절하는 것도 내키지 않았다.

"열은 없는 것 같네요. 예전에 감기로 앓아누운 적이 있으니까 더 걱정돼서……."

"진짜로 괜찮아요. 모두에게 걱정을 끼치고 싶지 않아서 더 조심하고 있으니까요!"

나는 가슴을 펴고 그렇게 말했다.

비단 사키나 씨 일만을 말하는 것이 아니다. 컨디션이 무너지면 여러 사람에게 걱정을 끼치게 된다. 내가 걱정하는 건 차라리 다행이지만, 걱정을 끼치는 상황은 되도록 피하고 싶었다.

"조심하세요. 제가 말해도 설득력은 없겠지만요."

"그렇지 않아요. 오히려 사키나 씨만큼 몸 상태를 신경 쓰고 계셨던 분이 쓰러지셨으니…… 그때는 감기가 한 수 위였던 것뿐이죠."

그래, 그건 어쩔 수 없는 일이었다.

사키나 씨처럼 조심해도 감기는 걸리는구나, 하고 오히려 공부가 됐다고 할까. 저항은 아무 의미가 없다는 것을 깨달았다고 할까.

"그러니까 신경 쓰지 마세요."

"네, 그럴게요."

미안한 표정은 사라지고 곧 사키나 씨는 미소를 지었다.

그리고, 사키나 씨와 그런 대화를 나누고 있는 지금은 낮 2시경…… 원래는 친구들과 놀고 있었는데, 소타가 돌아가야 하는 일이 생겨버려서 결국 금방 해산하고 말았다.

『큰일이 생긴 건 아닌데, 미안해. 볼일이 있었다는 걸 완전히 잊고 있었어……. 진짜로 미안해!』

소타는 엎드려 빌 기세로 미안해했지만, 그 정도 일에 화를 낼 정도로 나도 카이토도 그릇이 작지는 않았다.

가족의 일을 우선시하라고 말해 주고 소타와 헤어지고, 내일 다시 학교에서 만날 수 있다면서 자연스럽게 카이토와도 헤어지고, 예정이 비어버린 나는 한발 앞서 이렇게 신조네에 오게 된 것이다.

"아리사와 아이나가 신경 쓰이나요?"

"네? 뭐, 그렇죠."

방금 사키나 씨와 함께 있다는 사실을 아리사와 아이나에게 메시지로 전한 참이다.

"오는 길에 둘과 합류했어도 좋지 않았을까요?"

"그 생각도 하긴 했는데, 자매의 데이트를 방해하고 싶지 않아서요."

"그렇군요. 하지만 둘은 하야토 군이라면 두 팔 벌려 환영하지 않았을까요?"

나도 그렇게 생각하는데, 그…… 사키나 씨? 말과 행동이 따로 움직입니다만…….

왜 아까부터 집요하게 제 팔을 끌어안고 옆에 앉아계시는 거죠.

말과는 달리 가지 않았으면 하는 마음이 느껴지는 것은 내 기분 탓일까.

'……으음.'

사키나 씨는 미소 짓는 얼굴로 나를 바라보고 있다. 하지만 눈동자에는 외로움이 비치고 있다. 우리 엄마가 외로워할 때 보였던 눈빛과 똑같다.

가끔이었지만, 엄마가 이런 눈을 하면 난 절대로 떨어질 수 없었다. 그리고 그걸 귀찮다거나 싫다고 생각한 적도 없었다.

'내가 그 외로움을 달래줄 수 있다면, 곁에 있고 싶다고 생각했으니까.'

그리고 그 감각을 지금, 사키나 씨에게서 느꼈다.

최근의 사키나 씨에게서 흘러나오는 모성은 굉장할 정도였고, 엄마 같은 느낌을 받는 일도 늘어난 탓에…… 자연스럽게 나는 가까이 있고 싶다는 감각에 따르게 되었다.

"아리사와 아이나, 조금 있으면 돌아올 것 같아요. 이제 볼일은 다 봤다네요."

"어머, 그래요?"

"네. 그래도 돌아오려면 시간이 좀 걸리겠지만요."

달려서 돌아오지는 않을 테니 한동안은 사키나 씨와 단둘이 있을 것 같았다.

나는 그녀가 내준 차가운 보리차를 단숨에 목으로 들이켰다. 냉기가 단숨에 목 안쪽을 휘감았지만, 계속 팔에서 느껴지는 부드러운 감촉에서 의식을 떼어놓기 위해서는 어쩔 수 없었다.

"하야토 군."

"네?"

"아리사와 아이나가 돌아오기 전까지 시간이 좀 남았죠? 괜찮다면 제게 뭔가 상담할 일은 없나요?"

"상담이라뇨?"

사키나 씨의 제안에 나는 고개를 갸우뚱했다.

"저한테만 상담할 수 있는 일이 있지 않나요? 아리사나 아이나에게는 말하기 어려운 일이나, 제가 어른이라서 말할 수 있는 일…… 혹은 남에게는 말하기 좀 어려운 부끄러운 일, 뭐든 다 괜찮아요."

"아니, 저는……."

아리사와 아이나에 대한 고민은 솔직히 없다. 나에게 있어서 두 사람은 소중한 여자아이이자 최고의 여자친구였으니까.

다만 그래도 굳이 만들자면 뭐……. 하지만 이걸 사키나 씨에게 상담한다……? 절대 불가능한 이야기 아닐까?

"반응을 보니 뭔가 있는 것 같네요?"

"그게…… 으음."

말문이 막힌 시점에서 뭔가 있다고 자백하는 꼴이나 다름없었다.

여전히 내 팔을 끌어안고 풀어줄 기미가 없는 사키나 씨. 물끄러미 쳐다보는 통에 퇴로는 완전히 막혀버렸다. 애초에 이렇게까지 걱정해 주고 있는 사람에게서 도망친다는 것도 좀…….

"아, 알겠습니다."

결국 나는 항복했다.

다만 생각한 것을 곧바로 입에 담지는 않았고, 조금 충격을 줄이기 위해 이런 말을 먼저 꺼냈다.

"아리사와 아이나의 어머니이시고…… 그, 부끄러운 일이라도 상관없다고 하셨으니까…… 정말 괜찮으신 거죠?"

"물론이죠. 하야토 군의 고민을 조금이라도 풀어줄 테니 주저하지 말고 말해 보세요."

좋아, 여기까지 들었으니 눈 딱 감고 상의해 보자.

이럴 때가 아니면 물어볼 수 없는 것…… 솔직히 이렇게 이야기를 시도하려는 지금도 고민에 고민을 거듭하고 있지만…… 간다!

"사키나 씨, 만약 좀 불편하시면 도중에 멈춰주셔도 괜찮아요."

"어머, 그 정도의 내용인가요? 조금 두근거리기 시작했어요."

어째서죠?!

사키나 씨는 어떤 상담이든 다 받아줄 것 같은 안정감이 있다. 아마 괜찮을 거다.

"그…… 연애의 끝에는 반드시…… 야한 행위가 있잖아요."

"있죠. 섹스가."

"어, 네……."

구태여 돌려 말했건만, 확실하게 명언하셨다.

나는 살짝 기가 눌렸지만, 여기서 입을 다물면 더 말을 이을 수 없을 것 같아서 바로 이유를 이야기했다.

"실은…… 몇 번 정도 둘과 그런 분위기가 된 적은 있었어요.

저도 남자니까 두 사람을, 그…… 당연히 성적인 대상으로서 보고 있고요."

"그렇겠죠. 하야토 군은 고등학생이고, 무엇보다 그 아이들은 동성이 보기에도 굉장히 매력적이니까요."

"네……. 저조차 그 매력적인 사람들이 제 여친이라는 게 꿈처럼 느껴질 때가 있을 정도예요."

정말 꿈 같은 순간을 살고 있다고 생각한다.

하지만 그렇기 때문에, 꿈 같다는 이유로 나태하게 안주하고 있을 상황은 아니었다. 나는 두 사람을 소중히 생각하게 생각하기에, 더더욱 그때가 왔을 때 제대로 마주 보고 싶다고 생각하고 있다.

아리사와 아이나는 이런 내 뜻을 존중했지만, 솔직히 나는 이게 여성의 입장에서 어떤 식으로 받아들여질지 모르겠다.

비록 당사자는 아니지만 두 사람의 엄마인 사키나 씨에게 이참에 물어보는 것도 나쁘지 않다.

내 생각을 모두 털어놓자, 사키나 씨는 그렇군요, 하고 고개를 끄덕였다.

"저는 하야토 군의 마음도 이해해요. 정말 좋아하는 사람이 눈앞에 있으니 안아주길 바라는 아리사와 아이나의 마음도 이해가 되고요. 하지만 제가 아무리 둘의 마음을 이해하더라도, 부모이기 아직은 그런 행위를 용인할 수는 없어요."

"그렇겠죠……."

"네. 참 어려운 문제죠."

어렵다고 말했지만, 사키나 씨는 즐거운 얼굴로 웃고 계셨다.

화제가 화제인 만큼, 이런 이야기는 다소 부끄럽다. 심지어 그런 이야기를 그녀들의 엄마에게 털어놓고 있다. 이게 잘하는 짓일까…….

그러나 사키나 씨는 내 생각을 꿰뚫어 봤는지, 끌어안고 있던 팔을 풀고 조심스럽게 내 손을 양손으로 감쌌다.

"그렇게까지 신경 쓸 필요는 없다고 생각해요. 아마 그 둘은 지금보다 더 깊은 연결을 원할 테지만……."

"사, 사키나 씨……?"

사키나 씨가 눈동자를 촉촉하게 적신 채 얼굴을 가까이했다.

그 빨려 들어갈 것 같은 눈동자와 달콤한 향기에 머리가 아찔해지는 기분을 간신히 억누르며 빈손으로 허벅지를 꼬집었다.

나도 모르게 통증으로 얼굴을 찡그렸는데, 이렇게라도 하지 않으면…… 응? 지금 난 무슨 생각을 한 거지? 사키나 씨 상대로?

'……에잇! 정신 차려!'

이상한 생각을 하는 사이에, 사키나 씨는 평소의 표정으로 돌아오셨지만, 계속 나를 바라보고 있다.

상냥한 눈빛을 보고 있으니, 안심된다.

조금 전까지 있었던 부끄러움은 사라지고, 그저 엄마에게 상담하는 기분이 되었다.

"하야토 군? 괜찮아요?"

"엇, 네, 괜찮아요. 이러고 있으니 어쩐지 엄마한테 상담하는 기분이 들어서요."

그 순간 내 얼굴이 부드러운 감촉에 파묻혔다. 사키나 씨가 갑자기 끌어안은 탓이었다.

"하야토 군이 그렇게 말해 주니까 정말 기뻐요. 카스미 씨를 대신할 수는 없겠지만, 가끔은 이런 식으로 저를 엄마라고 생각하고 상담이든 뭐든 좋으니 의지해 주세요."

나는 고개를…… 이 상태에서는 고개를 끄덕일 수가 없는데?!

이 상황에서 움직이면 이 풍만한 계곡을 헤집듯이 움직여야 한다……. 나는 어쩔 수 없이 목소리로 대답했다.

"아, 알겠습니다."

"웃…… 후훗, 이 상태로 말하니까 간지럽네요♪"

그렇다면 놔주시면 안 될까요?!

사키나 씨가 이러고 있으면 나는 저항심이 사라진다고나 할까, 벗어날 의지를 잃고 만다.

최근 유독 강하게 느껴지는, 터무니없는 모성이다.

"하야토 군……."

"느헤."

사키나 씨가 내 머리를 쓰다듬으며 말했다.

"다시 본론으로 돌아오자면, 그렇게까지 초조함을 느낄 필요는 없다고 생각해요. 하야토 군의 마음을 아리사와 아이나는 이해해 준 거죠?"

"네. 다만 제가 그렇게 생각한다면 그래도 좋다. 그 대신 유혹해서 마음이 동해 버리면 어쩔 수 없다, 하는 뉘앙스였어요."

"어머나, 그 두 사람답네요."

사키나 씨는 정말 즐겁다는 얼굴로 웃었다.

아무리 어떤 상담이라도 괜찮다는 말을 들었다고는 해도, 내용 자체는 꽤 민망한 것이었는데⋯⋯. 그래도 이런 식으로 다정하게 들어주셔서 기뻤다.

"하야토 군이 전혀 안아주지 않아서 싫다고 불평할 아이들은 아니니까요. 그러니까 괜찮아요."

"남자답지 못하다고 생각하지 않을까요?"

"그럴 리가요. 사람에게는 각자의 연애 속도라는 게 있으니까요."

"으음⋯⋯."

"하야토 군이 납득했을 때, 더 다음 단계로 나아가고 싶다고 생각했을 때 해도 충분하다고 생각해요. 오히려 이렇게까지 아낀다는 것을 알게 됐으니, 그 둘은 더 기뻐했을걸요."

"그렇군요⋯⋯."

확실히, 내 뜻을 전했을 때, 두 사람은 오히려 나답다고 말하며 웃어주었다.

"아직 젊으니까 더 고민할 만큼 고민해도 좋다고 생각해요. 아리사와 아이나는 설령 무슨 일이 있어도 하야토 군에게서 떨어질 일은 없을 거라고 단언할 수 있거든요. 왜냐면 그 애들은 그만큼 이나 하야토 군을 좋아하고 있으니까요."

"천천히…… 생각해도 되는 걸까요?"

"그럼요. 천천히 생각하면서, 하야토 군의 속도로 가도 괜찮으니까요."

"……네! 알겠습니다!"

"네. 착하네요."

착하다며 머리를 쓰다듬는 손길과 진지하게 상담을 들어주신 것이 감사해서 조금 강하게 끌어안았다. 더한 부드러움과 달콤한 향기에 의식을 가라앉히듯이.

두 번 다시 헤어 나올 수 없는 심연에 들어간다 해도 상관없다. 그렇게 느껴지는 이 감각이야말로, 가끔은 무서움마저 들게 하는 사키나 씨의 모성이다.

남들에게 하기 어려운 상담을 받아준 것과 날 자식처럼 대해준 감사를 사키나 씨에게 전했다.

"천만에요. 당신에게 힘이 될 수 있었다면 그보다 더 기쁜 일은 없으니까요."

"그 정도인가요?"

"그 정도랍니다♪ 자아, 하야토 군의 표정도 후련해진 것 같으니, 같이 과자라도 먹을까요?"

"잘 먹겠습니다."

그 후부터는 이제 화목하다는 말이 딱 어울리는 시간이었다.

아리사와 아이나가 돌아오기 전까지 같이 과자를 먹고 홍차를 마시면서 사키나 씨와 느긋하게 보내는 시간…… 정말 평화롭고

포근해서, 계속 이어지면 좋겠다는 생각이 들 정도의 시간이었다.

　그런 시간을 잠시 보낸 뒤 아리사와 아이나가 집에 돌아왔다.

　"으우우…… 하야토 군과 엄마만 단둘이라니, 아무 일도 없었을 리가 없는데?"

　"아무 일도 없었어."

　"정말?"

　"정말."

　아이나, 아리사가 순서대로 묻기에 나는 그렇게 대답했다.

　우리의 대화를 사키나 씨는 즐거운 얼굴로 바라보고 있었다. 가끔 눈이 마주치면 말해 버릴까요? 라고 말하듯이 웃었기에, 나는 속으로 그러지 않기를 기도했다.

　"아, 맞다. 엄마 이거 괜찮은 게 있어서 샀어!"

　"어머, 고맙구나, 아이나."

　"얘는 하나 샀더니 멈출 수 없게 됐어요."

　오오…… 커다란 쇼핑백을 들고 있다고 생각했는데, 그 안에서 잡화가 가득 얼굴을 드러냈다.

　일상생활에서 쓸 수 있는 것이나 특정 상황에서만 사용할 수 있는 것도 있겠지만, 사키나 씨는 전부 다 기쁘다는 듯이 손에 받았다.

　"아이나, 먼저 방에 가 있을게?"

　"아, 기다려, 나도 금방 갈 거야."

　"저녁까지 느긋하게 보내렴. 이따 보자."

"네~!"

빨리빨리, 그렇게 말하면서 재촉하는 두 사람에게 이끌려 아이나의 방으로 향했다.

나도 그렇지만 그녀들도 밖에 있다가 돌아왔기에, 특별히 누군가가 무언가를 하자고 제안하는 일 없이 우리 셋은 느긋한 시간을 보냈다.

"……꽤 재미있네."

나는 그동안 책장에 진열되어 있던 순정만화를 읽었다.

남자가 읽는 경우도 드물지 않겠지만, 나는 평소 읽지 않는 장르였다. 아마 오타쿠인 소타도 순정만화는 보지 않았을 거다.

"그거, 꽤 재미있지?"

"응, 생각 이상으로 재밌는데."

평범한 여자아이가 왕자님과 처음 만나, 서서히 가까워지고, 수많은 역경을 극복한 뒤에 맺어지는 신데렐라 스토리다.

"악역 영애도 매력적이었어."

"라이벌 캐릭터가 매력적으로 나오는 게 정말 재미있더라."

그건 나도 동감이다.

재미있는 스토리는 즐거운 독서의 대전제인데, 그 재미있는 스토리를 만드는 핵심 요소는 작중의 캐릭터들이다. 캐릭터들의 매력이 스토리를 재미있게 하고 독자의 감정이입을 유도하며, 결과적으로 독자는 시간을 잊고 스토리에 몰두하게 된다.

"라이벌이라…… 아이나. 만약 하야토 군을 두고 라이벌이 나타난다면 어떻게 할 거야?"

불현듯 아리사가 그런 질문을 던졌고, 아이나는 조금의 생각할 가치도 없다는 얼굴로 즉답했다.

"딱히 어쩔 필요도 없어. 나와 언니의 사랑에 이길 수 있는 상대는 없을 테니까."

"후훗, 그것도 그러네."

아이나의 대답에 아리사 역시 당연하다는 듯 고개를 끄덕였다.

나로서는 그런 식의 라이벌 구도가 생기는 미래 같은 건 평생 오지 않을 것 같지만, 만일 있다고 해도 답은 정해져 있다.

"있지, 하야토 군."

"응?"

"반대로 만약 우리를 노리는 라이벌이 나타나면, 하야토 군은 어떻게 할 거야?"

이런, 이번에는 내 차례인가.

아리사도 내 대답이 궁금한지 나를 물끄러미 바라보고 있었다.

물론 나도 두 사람처럼 망설임 없이 단언할 수 있다.

"내줄 생각은 없어. 나는 뭐든지 잘하는 사람은 아니지만, 그래도 아리사와 아이나에 관한 일이라면 누구에게도 지지 않을 거야."

"하야토 군…… ♪"

"……으으~♡"

이렇게 말만 꺼냈을 뿐인데도 기뻐해 주는 두 사람.

이렇게나 나를 좋아해 주는 여자아이를 지키기 위해서라면, 누구에게도 지지 않겠다는 마음이 드는 것은 당연한 일이었다.

"그걸 위해서라도 더 노력해야겠지. ……좋았어!"

기합을 넣고자 스스로 뺨을 때렸다.

"우선은 온천 여행 전에 있는 시험에서 전 과목 80점 이상을 목표로 하자."

"굉장한 목표를 세웠네."

"공부, 같이 힘내자, 하야토 군!"

"파이팅!"

전 과목 80점 이상. 내 지금 성적으로는 상당히 험난한 길이다.

특기 과목이라면 몰라도, 잘 못하는 과목인 수학이나 영어는 정말로 노력하지 않으면 어렵다. 운이 좋으면 70점에 닿을까 말까였고, 운이 나쁘면 50정 정도이니까.

뭐 어쨌든! 노력할 수밖에 없다.

"하야토 군은 수학과 영어가 약했지?"

"괴멸적인 수준은 아니라고 생각하지만…… 그렇지."

"괜찮아, 열심히 노력하는 사람에게 결과는 따라오는 법이니까."

그렇겠지?

만약 이렇게 했는데 결과가 좋지 않다면 골치 아프겠지만, 목표는 높을수록 좋은 법.

오히려 큰 벽에 맞서려고 하니 고양감이 느껴졌다.

"솔직히 공부에 대해서 이런 생각을 하게 될 날이 올 거라고는 꿈에도 몰랐어. 더 훌륭한 내가 되고 싶다는 목표 때문이겠지."

이런 생각을 할 수 있게 된 것은 틀림없이 아리사와 아이나 덕분이다.

두 사람 덕분이라고 전한 순간, 먼저 아이나가, 그리고 다음으로 아리사가 각각 좌우에서 내게 다가왔다.

팔이 푹신한 부드러움에 감싸이는 감촉과, 두 사람 사이에 끼이는 이 순간……. 아마 이것을 넘어서는 행복은 없지 않을까.

"있지, 아이나. 실감이 나는 것 같아. 우리들이 정말 하야토 군을 좋아한다는 게."

"그러게. 하야토 군 너~무 좋아!"

직설적으로 좋아한다는 말을 전해주는 것에 감사함을 느끼면서, 나는 사키나 씨와 나눴던 대화를 떠올렸다.

'나는 나대로…… 내 속도에 맞춰서 진행해도 괜찮아.'

조금 과하게 생각하고 있었고, 조금 과하게 의식하고 있었다. 하지만 사키나 씨의 말이 내 굳어 있던 생각을 없애 주었다.

물론 두 사람 다 내 마음을 모르는 것은 아니지만, 역시 나보다 더 그녀들을 잘 이해하는 엄마의 말은 무게가 남달랐다.

"어머, 무슨 일이야?"

"엄청 기분 좋아 보이는데?"

마음이 한결 편해진 것도 있지만, 두 사람 사이에 끼어있는 이 상황에 기쁘지 않을 남자가 어디 있을까.

부드럽게 두 사람의 팔을 떼고, 반대로 이번에는 내가 두 사람을 끌어안았다.

갑작스러운 상황에 놀라는 두 사람과 함께 나는 그대로 등 뒤로 쓰러졌다.

"후우~!"

"자, 잠깐만, 진짜 무슨 일이야?"

"엄청 의욕 넘치는데? 으으음, 역시 엄마와 무슨 일이 있었던 거지~!"

"글쎄, 어떨까!"

귀한 연휴의 마지막 날, 귀중한 두 사람과의 시간이다. 그녀들의 남자친구로서, 나에게 허락된 특권을 최대한 만끽하자!

나는 끌어안은 두 사람을 더욱더 강하게 끌어안고, 그저 이렇게 있는 순간을 즐겼다. 몸매가 뛰어난 두 사람이었기에, 부드러운 감촉이 더더욱 잘 전해졌다.

"어머, 그렇게나 우리랑 붙어있고 싶었어?"

"노닥거리고 싶었구나? 하지만 그건 우리도 마찬가지야!"

내 두 다리를 구속하듯이 두 사람의 다리가 뒤엉켰고, 나아가 손이 내 배를 부드럽게 쓰다듬었다. 난 그저 이런 식으로 딱 붙어서 오붓하게 보내고 싶었을 뿐인데.

두 사람과 이렇게 붙어있으면 점점 공기가 야해진다고 할까, 두근거림이 느껴진다고 할까. 아니, 사실은 결국 이렇게 될 걸 알고 있었다.

그보다 새삼스럽게 생각한 건데, 공부를 열심히 하겠다는 마음은 훌륭한 내가 되고 싶어서 그런 것도 있지만, 제일 큰 이유는 그 후에 기다리고 있는 온천 여행 때문이 아닐까? 음, 차마 부정할 수가 없다. 이게 온천 버프?

"편안하네……."

"그러게……."

나도 고개를 끄덕였다.

얼마나 그러고 있었을까. 누구 하나 먼저 떨어지려 하지 않았고, 그대로 대화를 이어가다가 어느 정도 시간이 흘렀을 때, 아리사가 이런 말을 꺼냈다.

"공부를 열심히 하고 싶다는 하야토 군을 위해 나와 아이나가 생각한 게 있어."

"뭔데?"

"같이 공부하면서, 하야토 군이 더 의욕 나게 하는 방법이야. 기대해."

"그래?"

대체 뭘 하려고…….

두 사람은 그때가 오기 전까지는 비밀에 부칠 모양이었다.

"여러모로, 올해 골든위크는 최고였어. 하야토 군도 있고, 언니랑 엄마와도 즐겁게 보낼 수 있었고."

"그러게. 내년에도…… 내년에는 처음부터 쭉 이렇게 지내고 싶어."

그건 나도 바라는 바다. 내년에 어떻게 될지는 알 수 없지만, 또 이렇게 두 사람과 행복하게 지낼 수 있는 골든위크가 찾아온다면 좋겠다.

    이리하여 두 여자친구와 보내는 골든위크는 끝나고, 등교가 시작되었다.
    정기 고사가 가까워질수록, 가르치는 선생님들도 기합이 들어갔다.
    "시험…… 으윽, 준비 못 했어!"
    "유급은 싫어, 유급은 싫어."
    "시험이 없는 세상에 살고 싶어!"
    시험 전만 되면 아이들은 이런 식으론 아비규환의 양상을 보인다. 이제는 익숙한 풍경이다.
    "시험 분위기가 올라오고 있네."
    "나도 이번엔 좀 위험할지도. 이번엔 진짜 열심히 해야 해."
    소타는 평소와 다를 게 없는 태도였지만, 빈말로도 성적이 좋다고는 할 수 없는 카이토는 시험을 앞두고 두려움에 떨고 있었다.
    "카이토, 공부하면 하는 만큼 결과가 나오는 법이야. 그러니까 힘내라고."
    "오오…… 뭐냐, 하야토. 왠지 엄청 기합이 들어갔는데?"
    "그러게. 무슨 일 있었어?"
    그 말에 나는 크게 고개를 끄덕였다.
    "나는 이번에 전 과목 80점 이상을 목표로 할 거야."
    내 선언에 두 사람은 진심이냐고 묻고 싶은 듯한 표정을 지었다.

그만큼 내 성적으로는 제법 어려운 목표다. 그렇지만 나는 노력할 것이다.

온천을 위해서, 그리고 미래의 나를 위해서!

"……후훗♪"

"아리사?"

"갑자기 왜 웃는 거야?"

"아무것도 아니야."

아리사의 흐뭇함이 담긴 시선이 느껴졌다. 당연히 들키지 않게 조심하고는 있지만, 그렇게나 온천이 기대되냐고 생각하고 있겠지.

물론 당연히 기대하고 있다. 그게 잘못은 아니잖아?!

기다려라, 시험! 가볍게 쓰러트려줄 테니 각오하라고!

otokogirai na bijin
shimai wo namae
mo tsugezuni tasuketara
ittaidounaru

5월 중순에 있을 정기 고사를 앞둔 나의 의욕은 남달랐다.

소타나 카이토조차 대체 뭐가 그렇게 내 의욕을 끌어올리는 것인지 궁금해할 정도였지만, 공부는 어떤 이유로 하든 좋은 것이니, 내 영향을 받아 두 사람도 의욕을 보이고 있었다.

『소타가 말이지, 하야토 군에게 질 수 없다면서 공부를 열심히 하고 있지 뭐야.』

『우리 카이토도 마찬가지야. 절친이 열심히 하고 있으니까 자기도 질 수 없다면서.』

냉장고 안에 조금 허전해져서 상점가에 갔을 때, 우연히 두 사람의 엄마와 얼굴을 마주할 기회가 있었다.

그때 이런 말을 듣고, 소타와 카이토가 노력하고 있다는 말이 다시 한번 나의 의욕을 끌어올려 주었다.

'……하하, 나도 참 단순하네.'

장래의 밑거름과 온천 여행…… 어느 쪽에 비중이 더 있는지는 중요하지 않다. 설마 친구의 노력에 자극받아 이보다 더 의욕을 끌어올릴 수 있다니…… 스스로 웃음이 나올 정도로 단순했지만, 이렇게 해서 공부를 더 열심히 하려고 하는 것도 좋은 경향이겠지.

그리고, 그 노력은 확실한 결실을 보여주었다.

"……좋았어!"

내가 환호한 이유는, 선생님께 받은 쪽지 시험 결과를 확인했기 때문이었다.

실전 시험을 상정한 적은 문항 수이긴 했지만, 평소 약한 수학이나 영어에서도 꽤 좋은 점수를 받았다.

이것도 모두 내 노력이 반영된 결과였고, 무엇보다 함께 공부해 주는 믿음직한 선생님 두 명의 존재가 컸다.

"……흐헷."

이런, 그만 그녀들 두 사람과 했던 공부 모임이 떠올라 음흉한 미소가 나와버렸다. 누군가에게 보이지 않았을까 싶어 가볍게 주위를 둘러보았다.

우선 왼쪽에 앉는 남자── 2학년이 된 뒤로 알게 되어 친해진 사이로, 최근 한창 검도에 푹 빠져 있는 이리에였다.

"으음…… 역시 이건 좀 위험한데. 제대로 공부해야겠어……."

손에 들린 쪽지 시험 결과에 의식이 쏠린 것인지 이쪽은 전혀 신경 쓰지 않고 있었다.

그리고 다음으로 반대쪽에 있는 아리사. 그녀는 마침 딱 나를 보고 있었고, 눈이 마주치자 피식 미소를 지어 보인다.

"기뻐 보이네. 쪽지 시험 결과가 좋았나 봐?"

다 보고 있던 모양이다.

나는 아하하, 하고 머리를 긁적이며 고개를 끄덕였다. 여전히 반 아이들에게는 관계가 알려지지 않도록 호칭을 신경 써서 입을 열었다.

"맞아. 신조가 생각한 대로. 요즘 열심히 공부한 성과인 것 같아."

"어머, 그렇구나. 제대로 공부하고 있는 것 같아서 다행이네."

이게 만약 집이었다면 학교 밖에서 함께 공부해 주는 아리사와 아이나 덕분이라고 했겠지만, 학교에서는 어쩔 수가 없다.

그러나 아리사의 말대로 열심히 공부한 성과는 이래도 되나 싶을 정도로 잘 나오고 있어서, 개인적으로 엄청난 자신감으로 직결되고 있지만…….

그녀들과의 그런 식으로 공부하면 열심히 하지 않을 수가 없다는 생각에 쓴웃음을 지었다.

'아니야, 그런 거라면 누구라도 열심히 할 수밖에 없다고. 참 단순한 생각이지만, 두 사람과 공부하는 시간이 너무 기다려져.'

부드럽고 좋은 향기에, 피곤한 뇌에 효과가 직방인 만병통치약, 그리고 귓가에 속삭이는 힘내라는 말에 내 마음의 흥분은 최고조에 달한다!

문장으로만 전하면 정말 공부를 하고 있나 싶을 수도 있지만, 틀림없이 공부하고 있다. 시험의 결과가 보여주고 있지 않은가.

"도모토 군, 무슨 상상을 하고 있는지는 모르겠지만, 그 정도로만 할까?"

"아, 아아 미안."

"괜찮아. 후훗♪"

아마 아리사는 왜 내가 웃었는지 알고 있겠지.

알고 있음에도 기뻐 보이는 이유는 아마, 그녀들이 주는 것을 내가 기분 좋게 받아들이고 있기 때문일 것이다. 다시 생각해도 난 정말 행복한 사람이라는 생각이 들었다.

"어쨌든 이대로 더 열심히 공부할게."

"응, 응원할게. 같이 열심히 노력하자?"

그 말에 나는 크게 고개를 끄덕였다.

앞으로 시험 전까지 매일 할 수 있을지 어떨지는 모르겠지만, 적어도 금주 방과 후는 매일 신조네에서 그녀들과 함께 공부할 예정이었다.

『차라리 앞으로 시험 끝날 때까지 계속 머물러도 좋지 않을까?』

『그러네…… 어때? 하야토 군.』

아리사와 아이나에게 그런 고마운 제안을 받았고, 사키나 씨도 선뜻 허락해 주시겠지만, 역시 그렇게까지 하는 건 폐가 될 것 같아서 거절했다.

물론 전혀 폐가 되지 않는다는 걸 알고는 있다. 하지만 그 정도로 오랜 시간 집을 비우는 건 좋지 않기도 하고, 사실 그렇게나 오랜 기간을 그녀들과 붙어있으면 그야말로 여러 가지 의미로 타락할 것 같아서 두려웠다.

'아리사와 아이나만 있는 게 아니라, 사키나 씨도 있잖아. 하루 묵는 것만으로도 영원히 잠들고 싶어질 정도인데, 그런 게 시험이 끝날 때까지 이어진다면 더는 돌아오지 못할 거라고.'

……아니, 잘 생각하면 바로 그거야말로 그녀들이 내게 말했던

빠져달라는 말의 도달점일지도 모른다. 그곳은 굉장한 안락함과 무시무시할 정도의 행복으로 가득 차 있을 것이다. 차라리 뛰어 들어서 붙잡히는 게 행복한 일이 아닐까?

"도모토 군, 집중해야지."

"웃…… 아아."

쪽지 시험 결과를 받았다고는 하지만 아직 수업 중이다.

의식을 되돌려준 아리사에게 감사를 표하며 이후에는 제대로 수업에 집중했다.

그리고 시간이 흘러 방과 후가 되었고, 나는 절친 두 명과 교실을 나왔다.

"오늘도 지쳤다~."

"뭐, 피곤한 건 집에 돌아간 뒤가 시작이지…… 공부다, 공부."

"시험은 일주일 뒤야. 힘내자, 둘 다."

내 말에 두 사람 다 고개를 끄덕였다. 이 모습을 보니 역시 나와 똑같이 시험을 향한 의욕은 꽤 높은 것 같았다.

'두 사람이 내 공부 모습을 보면 뭐라고 할까…….'

틀림없이 날 죽이려 들겠지. 절대로 말할 수 없다.

다행히 나는 그녀들의 사적인 공간에서 공부하니, 만에 하나라도 들킬 걱정은 없다.

"있지, 아이나. 오늘도 바로 갈 거야?"

"당연하지. 시험공부 할 거야!"

"하아, 역시 공부해야겠지……. 놀고 싶다아."

아리사와 함께 돌아가기 위해 찾아온 아이나가 저편에서 다가왔다.

그녀는 엇갈리는 순간 나만 보이게 윙크를 날렸다.

"신조 자매도 공부하는구나~."

"자매가 둘 다 엄청 머리 좋잖아? 그런데도 공부하는 게 대단하다."

그렇지? 아리사와 아이나는 굉장히 머리도 좋고, 알려주는 방식도 무척 알기 쉽다고.

내가 가슴을 펴며 그렇게 말하고 싶었다.

이후 곧바로 만나게 될 아이나와 그대로 스쳐 지나가며, 우리는 다른 학생들과 섞여 신발장으로 향했다. 교류가 별로 많지 않은 반 아이들과도 인사를 나누고 학교를 나왔다.

"이 시기는 동아리나 위원회가 없어서 그런가, 사람이 많네."

"과연 그중에 몇 명이나 시험을 위해 시간을 쓰고 있는지는 모르지만."

"뭐, 몇몇 사람들은 이때다 하고 놀러 다니겠지."

아무리 시험을 앞두고 있다고 해도 어떻게 보낼지는 그 사람에게 달렸다.

공부를 열심히 하든 놀러 다니든 본인의 자유다. 그리고 그 대가 또한 본인의 몫이다.

"간다. 다음에 보자."

"오."

"또 보자."

그렇게 서로 손을 흔들며 헤어지려고 하는 찰나, 소타가 느닷없이 땅에 떨어져 있던 나뭇가지를 주웠다.

"뭔데?"

"그건 왜?"

소타는 무슨 생각을 했는지 우리를 향해 그 나뭇가지를 쳐들었다.

"마왕의 부하들이여, 잘도 뻔뻔하게 등장했구나!"

"……."

"……."

나와 카이토는 뜬금없는 상황극에 서로 눈빛을 주고받았다. 그러고 보니 최근에는 거의 놀지 못했다. 잠시 놀고 싶은가 보다 생각해 적당히 맞춰주기로 했다.

"훗, 들켰으니 어쩔 수 없군. 용사여, 이 상황을 어떻게 해결할 셈이지?"

일단 소타는 용사역할.

"우리 둘을 상대로 혼자서 어떻게든 할 수 있다고 생각하는 건가? 그렇다면 안이하기 그지없구나, 용사여."

카이토는 이미 즐기고 있었다.

소타는 씨익, 별로 박력이 느껴지지 않는 묘한 미소를 짓더니 채앵! 하는 효과음이 붙을 것 같은 포즈를 취했다.

"내가 너희 따위에 겁먹을 줄 아느냐? 난 너희를 쓰러뜨리고,

마왕을 토벌하여 고국으로 돌아가겠다. 날 기다리고 있는 공주를 위해!"

아, 그런 설정이야?

나는 문득 궁금해져서 물어보았다.

"그 공주는 귀여운가?"

"물론 귀엽고말고."

소타가 자신만만하게 고개를 끄덕이자, 카이토가 물음을 이어 갔다.

"어떤 식으로 귀엽지?"

"그건…… 아니, 마왕의 부하 따위가 그런 걸 물을 리가 없지! 에 잇, 나를 현혹하는 속셈이겠지만, 그렇게는 되지 않는다! 간다!"

그렇게 말하고 소타는 나뭇가지를 치켜들고 우리를 공격했다.

그 순간, 따르릉, 하고 벨을 울리며 자전거를 탄 여중생들이 지 나갔다. 키득키득하고 웃는 소리가 들려오자마자 곧바로 우리는 표정을 지우고 장난을 중단했다.

"뭐 하는 거냐, 우리?"

"네가 먼저 시작했잖아."

"하여간……."

나는 절레절레 고개를 저었다. 그 중학생들에게 우리들이 어 떤 식으로 보였는지는 딱히 생각하고 싶지도 않다. 후우, 이 일 은 잊자!

그 후 우리는 이번에야말로 헤어졌다.

나는 곧장 신조네 쪽으로 향했다.

그렇게 신조네에 도착할 무렵에는 당연하게도 아리사와 아이나는 앞서 돌아가 있었다.

마중을 나온 것은 아이나였다. 그 후 아리사와 함께 곧바로 돌아온 모양이었다.

"미안, 좀 늦었지?"

"안 늦었어. 자, 오늘도 힘내서 공부하자."

"그래♪ 자자, 빨리 앉아."

톡톡 어깨를 두드리는 아이나의 손길이 느껴지는가 싶더니, 더는 못 기다리겠다는 듯 등을 떠밀려 아리사의 방까지 들어가게 되었다.

아리사의 방 한가운데에는 이 공부 모임을 위해 벽장에서 꺼낸 제법 큰 원형 테이블이 놓여 있었다. 우리 세 사람이 이 테이블에 둘러앉아 공부 도구를 다 펼쳐도 한참은 남을 정도로 컸다.

"웃차."

바닥에 자리 잡고 앉는 나를 따라 아리사와 아이나도 앉았다.

두 사람은 블레이저 상의를 벗고 와이셔츠 차림이 되었고, 밖에서는 절대 보여주지 않는 개방적인 모습이 눈앞에 펼쳐졌다.

'이상하다? 단순히 상의를 벗었을 뿐인데 왜 야하지?'

이런 식으로 생각하는 내가 이상한 거겠지?

하지만 상의를 벗을 때 드러난 흰 셔츠, 그 위에서 희미하게 엿보이는 속옷의 색이나 풍만한 볼륨……. 처음에는 공부에 집중할 수 있을까 하는 불안했지만, 의외로 집중에는 문제없었다.

"좋아! 오늘도 해 볼까. 둘 다 잘 부탁합니다!"

"응, 힘내자."

"잘 부탁해!"

나는 마음을 다잡기 위해 짜악 뺨을 때렸다.

방과 후라서 시간은 많이 낼 수 없었지만, 기본적으로 6시 정도까지는 착실하게 공부에 임하고 있다.

도중에 사키나 씨도 퇴근하시는데, 우리들을 배려하여 공부가 끝나고 우리가 방에서 얼굴을 내비치기 전까지는 말을 걸지 않으셨다.

"……."

나도 아리사도, 그리고 아이나도 쓸데없는 이야기를 하지 않고 각자의 공부를 진행해 나갔다.

물론 이렇게 공부하다 보면 모르는 문제가 나오고, 나 혼자서는 도저히 풀 수 없어 막히는 일도 여러 번 있다. 그때마다 그녀들이 날 도와준다.

"이건……."

"어디를 모르겠어?"

"말만 해."

"고마워."

내가 막혔다는 것을 알아차린 아리사와 아이나가 손을 멈추고 다가왔다.

그녀들의 공부를 방해하는 것 같아 미안하지만, 이미 이러기로 약속한 일이다. 나는 이에 보답하기 위해서라도 결과를 낼 뿐이다! 이 또한 나의 의욕으로 이어진다.

"이 문제인데, 이건 이 공식을 쓰는 건가?"

"아니, 그 문제에선 다른 공식을 써야 해."

"맞아, 맞아. 구분하는 방법이 있어, 이건──."

혼자였으면 어떻게 됐을까…… 하는 생각이 들 정도로 꼼꼼하게 알려주는 두 사람. 감사합니다.

시험 점수가 높은 사람은 당연히 머리가 좋겠지만, 다른 사람을 잘 가르치는 사람 또한 머리가 좋은 게 아닐까.'

이렇게 두 사람에게 배우고 있으면 그 사실을 절실히 깨닫는다.

아리사와 아이나는 각자 가르치는 방법이 다르지만, 둘 다 머리에 쏙 들어올 정도로 알기 쉽게 설명한다. 두 사람이 대단하다는 생각을 몇 번이나 하는지 모른다.

"고마워. 그럼……이렇게 해서…… 이렇게 하는 건가?"

"맞아. 정답이야, 하야토 군."

"굉장해, 굉장해! 굉장하다, 하야토 군♪"

그리고 무엇보다도 두 사람은 칭찬이 후하다!

아무래도 난 칭찬받으면 성장하는 타입 같다. 아리사와 아이나도 그것을 알았는지 쉴 새 없이 칭찬을 퍼부었다.

채찍보다 당근을 더 많이…… 아무래도 나한테는 그것이 가장 잘 먹히는 듯했다.

'작년에도 두 사람과 공부했지만, 그때는 이 정도로 열심히 하지는 않았던 것 같은데. 응. 열심히 공부하는 지금의 나, 굉장히 충실한 것 같아.'

상황이 너무 좋은 방향으로 흘러가고 있어서 무서울 정도다. 이 상황을 길게 유지하기 위해 노력하자.

나는 더욱더 집중력을 올렸다.

모르는 부분이 나오면 두 사람에게 물어보며 완벽하게 익히려고 노력했다. 그러다 문득 삐삐삐, 스톱워치 소리가 들려왔다. 휴식 시간의 신호다.

30분간 착실하게 공부하고 5분간 휴식하는 사이클을 반복하는 흐름이다. 이 휴식 시간은 내가 가장 기다리는 순간이기도 하다.

"자, 5분간 휴식!"

"네에~."

"후우~."

한숨 돌리면서, 나는 휴식 시간을 기다리던 속내가 티 나지 않게 최대한 감췄다. 소소한 저항이다. 두 사람은 이미 눈치챘을 것도 같지만.

"어제는 아이나부터였지. 오늘은 나부터야."

"알아. 나는 마실 걸 가져올 테니까, 언니는 하야토 군을 치유해 줘~."

아이나가 방을 나갔고, 아리사가 내 옆에 앉았다.

그대로 그녀는 팔을 벌리고 나를 기다렸다.

나는 그녀에게 천천히 다가가 가슴에 얼굴을 파묻었다.

"착하지, 수고했어, 하야토 군, 열심히 공부하고, 기특해."

"후우, 난 이걸 위해 노력하고 있는 건지도 몰라."

"앙♪ 가슴에 대고 말하면 간지러워."

그래, 이것이 바로 공부 모임의 비밀이다.

공부로 쌓인 피로가 풀리게끔, 아리사와 아이나가 번갈아 가며 나를 안아주는 것이다.

나는 그저 그녀들의 가슴팍에 얼굴을 파묻으며 포옹을 받을 뿐이다.

'기분 좋다. 이러면 열심히 할 수밖에 없다니까.'

이 상태로 5분간 있는다.

이것이, 전에 두 사람이 생각했다는 방법이다. 물론, 효과는 뛰어났다.

"어때? 피곤함이 좀 가셨어?"

"완전히."

"아이나는 이러는 게 굉장히 마음에 든 모양이더라. 하야토 군이 아기 같아서 귀엽대."

"아기라니……."

그건 좀 그렇지 않나 싶지만, 어차피 지금의 나는 이미 부끄러움을 버렸다. 신경 쓰지 않기로 했다.

착실하게 5분 동안 아리사에게 치유를 받고 다시 공부할 시간이 찾아왔다.

아이나가 가져온 주스와 초콜릿으로 당분도 보충했다. 기운도 되찾았다. 자, 다시 열심히 해 볼까!

그렇게 공부와 휴식을 반복하면서, 오후 6시부로 오늘의 스터디를 종료했다.

"후아~ 끝났다! 아아~!"

천장을 향해 팔을 뻗으며 몸을 풀었다.

휴일이라면 몰라도 평일 방과 후는 기껏해야 2시간 정도가 고작이지만, 이 정도로 피곤하면서도 충실감이 느껴진다는 것은, 그만큼 노력했다는 증거라고 생각했다.

"수고했어, 하야토 군."

"오늘도 열심히 했어♪"

"응. 두 사람도 수고했어. 오늘도 고마워."

나는 두 사람에게 항상 감사의 말을 전하고 있었다.

나를 위해서 이렇게 시간을 투자하고 있으니, 두 사람이 그럴 필요 없다고 하더라도 감사의 말을 전하지 않으면 내 마음이 놓이지 않는다.

"감사는 필요 없다니까."

"맞아, 우리가 좋아서 하는 거니까."

"그냥 날 위해서 하는 거야. 사소한 일이라도 감사를 잊으면 안 될 거 같아서."

불쑥 그런 대답이 튀어나왔다.

정작 나도 왜 꾸준히 감사하자고 생각하는지 잘 모른다. 그저 어쩐지 그게 중요하다는 생각이 들었을 뿐이다.

"그러니까 고마워, 둘 다."

고마워. 글로 바꾸면 겨우 세 글자. 말로 전해도 단 한마디면 끝나지만, 그래도 중요하다.

"정말, 하야토 군도 참."

"정말 너무 멋져."

"어, 잠깐, 으앗?!"

나는 버티려고 했지만, 결국 두 사람에게 밀려 넘어지고 말았다. 두 사람이 다치지 않게 몸 아래에 가까스로 팔을 집어넣는 것이 고작이었다.

"고마워…… 이 한마디가 이렇게 마음을 파고들 줄은 몰랐어."

"그렇지……. 우리도 평소엔 별생각 없이 사용하는 말이고, 의식하지 않은 순간 나오는 말이기도 하니까."

"이렇게나 기쁜 말이었구나. 신기하네."

"응. 마음이 정화된다고 할까, 너무 기뻐♪"

생긋 웃는 두 사람에게 이끌려 나도 다시 한번 미소 지었다.

그렇게 우리는 셋이 함께 누워서 한가롭게 미소를 지었지만, 시각은 이제 6시가 지났다.

"슬슬 아래로 내려갈까?"

"그러게. 엄마도 배려해 주신다고 올라오지 않으시니까, 우리 공부가 길어진다고 생각하고 계실지도."

"아하하, 그런 거라면 쓸쓸할지도 모르겠다. 나 먼저 가 있을게!"

벌떡 일어난 아이나가 방을 나섰다.

활짝 열린 문이 그녀의 덜렁대는 성미를 고스란히 보여주고 있어 나와 아리사는 다시 키득키득 웃었다.

"활력 덩어리라고 해야 하나, 저 아이는 좀 더 차분하질 필요가 있어."

"활기찬 아이나도 매력적이지만 말이야."

"그건 맞아. 그 아이가 웃어주기만 한다면 그 아이의 언니로서 그보다 더 기쁜 일은 없을 테니까."

아리사와 아이나의 사이가 가깝다는 것은 알고 있다. 하지만 평범한 자매애보다 두 사람의 사랑이 더 깊다는 것도 잘 알고 있었다.

"몇 번 말한 적은 있는 것 같은데."

"뭐를?"

"아리사는 아이나를 정말 좋아하지?"

"어머, 그 말이었어? 그야 당연하지. 여동생을 좋아하지 않는 언니도 없지는 않겠지만, 적어도 나는 아이나를 진심으로 좋아해."

"응. 알고 있었어."

아리사의 모습을 보고 있으면 누구라도 모를 수 없을 것이다.

연인 관계도 물론 행복하지만, 자매간의 대화도 나를 훈훈하게 한다. 그저 바라보는 것만으로도 만족을 느낄 정도로.

"저기, 하야토 군."

"응?"

"아이나는 나 이상으로 남자를 어려워했어. 정말이지 조금이라도 몸에 닿기만 해도 피할 정도로. 하지만 그러던 애가 지금은 하야토 군의 곁에서 당당히 미소 짓고 있지. 난 그게 정말 기뻐."

"그렇구나."

"응, 그러니까 정말 고마워, 하야토 군. 우리와 만나줘서, 우리와 마음을 함께해 줘서 고마워."

감사는 오히려 내가 하고 싶은데.

서로 계속 고맙다는 말을 되풀이하던 우리는 웃으며 함께 아래층으로 내려갔다.

사키나 씨가 차려주신 저녁을 먹고 오늘은 해산이다.

"그러면 하야토 군, 주말에는 약속대로 가는 거지?"

"꼭이다? 나중에 사실 볼일이 있었다는 소리 하면 안 돼?"

"두 사람 다, 그렇게 고집부리면 안 되지."

아리사와 아이나를 향해, 사키나 씨에게서 가벼운 주의가 날아왔다.

그러나 두 사람은 그것에 전혀 개의치 않고 나를 빤히 바라본 채 대답을 기다리고 있다.

"괜찮아, 아무 볼일 없으니까 무조건 올 수 있어."

"그래!"

"응!"

도대체 무슨 이야기를 하는 것이냐면, 주말에 이곳에서 자고 간다는 이야기였다.

시험을 앞둔 막판 승부로, 밤에도 두 사람과 함께 공부하자고 약속했다. 뭐, 그렇긴 하지만 이건 원래 했던 약속이었기 때문에 재확인이다.

"그런가요?"

아리사와 아이나는 둘째치고 사키나 씨도 기쁜 얼굴로 손뼉을 치며 반겼다.

그녀들의 가족에게 환영받고 있다는 기쁨을 가슴에 품은 채, 나는 신조네를 뒤로 했다.

어두운 밤길을 걸어 무사히 우리 집으로 돌아왔다.

다만 현관을 열자마자 복도에 나뒹굴고 있는 호박 가면을 보고 나는 심장이 튀어나올 정도로 놀랐다.

"어, 어째서……?!"

어둠 속에서 굴러다니는 호박 머리…… 만약 어린아이가 봤다면 울음을 터뜨릴 법한 광경이었다.

그보다 내 방에 있어야 할 이게 왜……?

불가사의한 사건에 나도 모르는 새에 영감이라도 생긴 건가 싶었지만, 그때 마침 오늘 아침의 사건이 떠올랐다.

"……맞다. 악운을 쫓으려고 놔뒀었지."

실은 아침 식사 때 봤던 텔레비전에서 나온 운세 결과가 최악이었다. 그리고 거기서 나쁜 운을 내쫓기 위해 현관에 사람에게 공포를 주는 물건을 놔두라는 말을 들은 것이다.

"내가 식은땀이 났을 정도니까 잘 놔두긴 했네."

이 호박은 틀림없이 나를 신조네의 모두와 연결해 준 행운의 아이템이었지만, 불시에 보면 무섭게 느껴진다.

뭐, 밝은 곳이라면 이 히죽이며 남을 약을 올리는 것 같은 표정이 그저 짜증 날 뿐이지만, 뭐…… 뭐, 그렇지…… 뭐어, 그거다.

"다녀왔어……. 아니, 왜 내가 이 녀석한테 인사하는 거지."

이랬는데 만약 이 호박 머리가 '어서 와'라고 한다면……. 저주다. 그건 저주다. 즉시 쓰레기장에 던져주마.

"…….."

한참을 바라보았지만 당연하게도 녀석은 말이 없었다.

나는 작게 한숨을 내쉬고 방으로 돌아갔다.

"뭐, 밖에서 받은 저주를 막아줄 것 같긴 하지만."

만약 귀신이나 악령에 씌었다고 해도 이 녀석만 있으면 어떻게든 될 것 같다.

"……후우~."

방으로 돌아온 나는 바로 잠옷으로 갈아입었다.

이미 저쪽에서 목욕을 끝내두었기 때문에 굳이 집에서 목욕할 필요도 없다. 그렇다고는 해도 나의 밤은 지금부터 시작이나 다름없었다.

"자, 해 보실까?"

그녀들의 집에서 돌아와 바로 잔다?

아직 잠을 자기에는 너무 이른 시간이었기에 지금부터 할 일은 오늘 공부한 것의 복습이다.

혼자 쓰기에 딱 좋은 작은 테이블 위에 공부할 것들을 올려두고, 나는 그 후 한 시간 정도 착실하게 면학에 임했다.

"……잠깐 쉴까……. 하아, 쓸쓸해."

쓸쓸하다……. 집에 혼자 있어서 그런 것도 있지만, 휴식 시간이 되어도 그 천국 같은 순간이 찾아오지 않는다는 것도…… 쓸쓸하다.

"그 포옹 효과…… 굉장하네."

휴식 시간이 올 때마다 아리사와 아이나가 번갈아 가며 치유해 준다.

그것은 한층 더 의욕을 유발해 주기도 하지만, 무엇보다도 피곤했던 뇌를 순식간에 풀어준다고 할까? 어쨌든 말로 표현할 수 없을 정도로 나에게는 효과가 탁월했다.

그것이 바로 아리사와 아이나가 만들어 낸 궁극의 치유법…… 정말로 최고다.

"응?"

그런 식으로 두 사람에게 받은 것을 떠올리고 있는데, 마치 타이밍을 노린 것처럼 그녀들에게서 메시지가 도착했다.

『하야토 군 성격상 지금도 공부하고 있겠지? 너무 무리하지는 마. 너무 열심히 해도 역효과인 경우도 있고, 무엇보다 휴식 때 우리가 치유해 줄 수 없으니까.』

『하야토 군! 아마 굉장히 분발해서 공부하고 있겠지만, 무리하는 건 절대로 안 돼! 피곤하면 제대로 휴식을 취할 것! 내가 거기

없어서 가슴 다이빙도 못하니까!』

두 사람의 메시지에 나는 괜찮다며 쓴웃음을 지었다. 아이나, 저 가슴 다이빙이라는 말은 대체 어디서 배운 걸까. 이 녀석, 분명 일부러 이런 거겠지, 분명 그럴 것이다.

둘 다 메시지의 내용은 비슷했지만, 단어 선정에서 각자의 개성이 드러나서 재미있었다. 그리고 그 이상으로 당연히 기쁘기도 했다.

"으음…… 가볍게 복습하고 있는 것뿐이니까 괜찮아, 전송."

걱정해 줘서 고맙다는 말도 덧붙여서 답장을 보내두었다.

딱히 처음부터 무리할 생각은 없었지만, 두 사람에게 이런 말까지 들은 이상 조금 더 분발해 볼까, 하는 생각이 들었다.

"……조금만 더 하고 잘까."

시험까지 아직 일주일하고도 약간…… 아니, 이 경우는 이제 얼마 남지 않았다고 해야 하나? 어쨌든 기초를 잘 다져서 응용문제도 풀 수 있게 만들자.

그리고 자신이 기른 힘을 믿고 실전에 임한다……. 그거면 충분하겠지.

"그나마 중간고사는 이걸로 괜찮겠지만, 기말고사가 되면 출제 범위도 넓어지고 과목 수도 늘어난단 말이지……. 아냐! 지금은 눈앞의 시험만 생각하자!"

자, 오늘은 30분만 더 힘내자.

짝하고 가볍게 뺨을 때린 나는 집중이 극에 달한 상태에서 한

동안 열심히 공부에 매진했다.

▶▷

그 후 남은 날들은 실전 시험을 목표로 모든 공부를 충실하게 완수했다.

학교에서의 공부는 물론 아리사나 아이나와의 공부 모임 성과도 쪽지 시험 등을 통해 확실히 나오고 있었기에, 자신의 성장을 강하게 실감할 수 있는 나날이었다.

물론 아직 멀었다고 생각되는 부분도 있지만, 이 상태로 가면 틀림없이 시험은 만족스러운 결과가 나올 것이다. 방심은 금물, 하지만 그 정도로 자신감이 생겼다.

'방심하지 말자. 이 상태로 가는 거야. 그리고 좋은 결과를 내서 후련한 기분으로 그녀들과 온천 여행을 가는 거다!'

그런 마음을 가슴에 품고, 나는 남은 날들도 할 수 있는 최선을 다했다.

……그렇다고는 해도 너무 공부만 해도 숨이 막히니까, 오늘은 조금 다른 일을 해 볼 생각이었다.

"어? 하야토, 벌써 가는 거야?"

"어! 좀 급한 일이 있어서!"

"그렇구나. 내일 보자!"

"그래!"

친구들에게 그렇게 전하고 나는 바로 교실을 나왔다.

일단 아리사와 아이나에게도 다른 곳에 들렀다가 집에 간다는 사실은 이미 전해 두었다. 남은 일은 내가 목적한 일을 수행하는 것뿐!

학교를 나와 무수한 건물들이 늘어선 역 앞에 유명한 케이크로 향했다.

"아직 남아 있으려나⋯⋯."

내가 사고 싶었던 것은 금세 매진되기로 유명한 한정 케이크 였다.

소중한 시간을 내서 나와 함께 공부해 주는 아리사와 아이나는 물론, 사키나 씨에게도 신세를 지고 있었기에, 그녀들에게 보답 하고 싶었다.

"⋯⋯좋아!"

원하는 것을 발견한 순간, 나는 무심코 환호하고 말았다.

만약 못 사면 다른 걸 사려고 했는데, 무사히 살 수 있어서 기 분이 좋았다.

게다가 네 개, 딱 우리 인원수에 맞았다.

"어서 오세요. 한정 케이크로 드릴까요?"

"네!"

점원 누나가 흐뭇한 얼굴로 바라보는 것이 좀 민망했지만, 어 쨌든 무사히 한정 케이크 4개를 사서 가게를 나설 수 있었다.

오늘은 사키나 씨도 일이 빨리 끝난 모양인지 신조네에 도착하자 3명이 함께 마중을 나와주었다. 3명이 다 같이 모이다니 마침 다행이었다.

　나는 곧바로 사 온 한정 케이크를 내밀었다.

　"이거…… 설마?"

　"역 앞에 있는 케이크 가게 거 아냐?! 그 한정으로 판다는!"

　"왜 이걸?"

　"실은……."

　서둘러 학교를 나온 것은 이것을 사고 싶어서였다는 사실과, 세 사람을 향한 감사의 마음을 전했다.

　"그래서 그렇게 서둘러서…… 정말, 하야토 군도 참♪"

　"고마워, 하야토 군. 에헤헤, 정말 기뻐♪"

　생글생글 웃어주는 두 사람의 얼굴을 보자, 필사적으로 달려가서 다행이었다며 스스로를 칭찬해 주고 싶은 기분이 들었다.

　"저한테도 주다니, 고마워요, 하야토 군."

　"아뇨, 사키나 씨 것도 당연히 있어야죠."

　오늘은 모처럼 케이크를 사 왔으니, 공부하기 전에 다 같이 케이크를 먼저 먹기로 했다.

　"……맛있네."

　"마이써!"

　"지금까지 먹어본 적이 없는 식감…… 정말 맛있네요."

　세 사람이 그렇게 말하는 모습을 본 후, 나도 케이크를 입으로 가져갔는데…… 어휘력을 잃을 정도로 맛있었다. 정신을 차렸을 때는 다 먹은 후였다.

"하야토 군, 크림이 묻었어."

"어디?"

아이나가 검지로 내 볼에 묻은 크림을 가져가더니 그 손가락을 덥석 문다.

할짝거리며 열중해서 손가락의 크림을 빨아먹는 모습…… 너무 야한 거 아냐?! 아리사와 사키나 씨도 있는데 무심코 보게 된다……!

"하야토 군?"

"아니, 이건 불가항력이었어."

"알고 있어. 내가 할 걸 그랬어……."

"에헤헤~ ♪ 빠른 사람이 이기는 거지."

부채질하는 듯한 아이나의 말투에 아리사가 발끈했다.

아리사가 해도 최고로 야했겠지만, 이런 곳에서는 좀 곤란하니까 그런 건 남들이 없는 곳에서 부탁…… 아니, 난 대체 무슨 소릴 하는 거냐.

"잘 먹었어요."

"잘 먹었습니다아 ♪"

다들 만족스러운 얼굴이었다. 사실 나는 이 웃는 얼굴이 가장 보고 싶었다. 좋아, 이 미소 덕에 그 어느 때보다 더 열심히 공부할 수 있을 것 같아!

"그럼 공부하자아!"

"하, 하야토 군……?"

"하야토 군이 불타고 있어……!"

"힘내세요, 하야토 군. 아리사와 아이나도."

지금의 나는 운석이 떨어져도 막아낼 자신이 있다. 물론 실제로
는 불가능하다. 죄송합니다. 그 정도로 의욕이 넘친다는 의미다.

이후, 평소대로 아리사의 방으로 가서 그녀들과 열심히 공부하
고, 틈틈이 있는 치유 시간도 듬뿍 만끽하며 오늘의 충실한 하루
를 마무리했다.

▶▷

이건 그저 내 고집이다.

목표를 향해 노력하는 모습을 보여주고 싶었던 건 사실 우리 가
족이었다.

부모님이 살아계셨다면, 이런 나에게 무슨 말씀을 하셨을까 하
면서 말이다.

『역시 우리 아들이야! 날 닮아서 노력가라니까!』

『그렇지. 하지만 카스미, 닮은 건 내 쪽 같은데.』

『뭐? 무슨 소리야.』

『너야말로 무슨 소릴──.』

상상 속에서 다툼이 시작됐다.

아무튼, 나에게 공부란 그저 미래로 향하는 과정에 불과했다.

그렇기에 굳이 열심히 할 이유를 찾지 못했다.

그러나 이번에는 다르다. 결과를 내기 위해서 정말로 노력했다.

부모님에게 물어보고 싶다. 나는 두 분이 보기에 훌륭하게 자랐을까?

지금의 나를 보면서 잘했다고 머리를 쓰다듬으며 칭찬해 주실까?

직접 대답은 들을 수 없다. 그저 그러기를 바라는 이건 나의 고집일 뿐이다.

『열심히 했구나.』

『열심히 했네.』

……나, 열심히 했어.

원동력에 욕망이 끼어있긴 했지만, 정말 열심히 했다.

"야, 뭘 그렇게 긴장하고 그러냐?"

"그래. 이제는 결과를 기다릴 뿐이라고."

"그래, 나도 알아."

나도 알고 있다.

하나씩 돌아오는 시험 결과. 나는 오늘 숱한 긴장과 기쁨을 겪었다.

전 과목 80점 이상. 누군가에게는 쉬울지 모르나 나에게는 도전이다. 이를 극복하기 위해 약한 과목도 빠짐없이 노력했다고 자부한다.

거의 다 왔다. 목표 달성은 이제 코 앞이다. 남은 건 수학뿐.

‘이것만 80점을 넘으면 목표 달성……!’

느낌은 꽤 좋았지만, 실제로 결과를 보기 전까지는 모른다.

아리사가 은근슬쩍 괜찮다고 응원해 줬지만, 내 심장의 요동은 멈출 줄을 몰랐다.

이윽고 수학 시험지가 돌아왔다.

“도모토.”

“네!”

과연…….

나는 건네받은 시험용지를 본 순간, 휙 하고 한 손을 하늘로 치켜들었다.

“좋았어!!”

결과는 목표했던 80점 이상.

아침부터 안절부절못한 탓에 아리사와 아이나가 걱정했지만, 끝내는 결과를 냈다. 목표를 달성했다.

‘좋아, 좋아, 좋았어!’

마음속으로도 환호하며 나는 자리로 돌아왔다.

“해냈구나.”

“응!”

……헛, 그만 기쁜 나머지 아리사에게 큰 목소리로 대답하고 말았다.

그렇지만 주위 아이들도 시험 결과에 기쁨이나 분함을 터뜨리고 있던 탓에 우리들의 대화는 그렇게까지 타인의 이목을 끌지 않았다.

"아침부터 계속 안절부절못했지. 이걸로 어깨의 짐을 한결 덜었네?"

"그러게."

참고로 아리사는 나보다 점수가 높았다. 아마 아이나도 좋은 결과를 받았을 것이다.

나도 시험 결과에 솔직하게 기뻐하자!

"헤헤…… 헤헤헤."

큰일이다. 얼굴의 미소가 가라앉지를 않는다.

시험 결과도 좋지만, 그게 중요한 게 아니다. 이걸로 모두와 함께 온천 여행을 마음껏 즐길 수 있다.

사실 그걸 위해 노력했다고 해도 다르지 않다.

아아, 어쩌지. 너무 기뻐서 주체가 안 돼.

나는 어찌어찌 기쁨을 억누르다, 방과 후가 되어 신조네에 도착한 순간 포효했다.

"우오오오오오오오오오, 해냈다아아아아아아!!"

"후후, 굉장한 환호네."

"열심히 했으니까! 당연해!"

나는 두 사람 덕분이라고 감사를 전했다.

자, 이걸로 마음 놓고 다음 휴일에 온천 여행을 갈 수 있다!

결국은 거기로 귀결되냐고?

그 부분은 뭐…… 으음, 좋지 않을까? 결과가 나왔잖아. 열심히 했고. 그러니까 좋은 거다!

나는 가슴을 펴고 그녀들과 함께 온천 여행을 갈 것이다.

열심히 한 만큼 더 즐길 거다!

"······두 사람 다."

"왜애?"

"왜 그래?"

"그······ 좀 더 칭찬해 줬으면 좋겠어."

조금 과하게 들떠서 나온 말이지만 뭐, 이 정도의 보상은 괜찮잖아?

실은 공부하면서 계속 이걸 바랐다. 남들에겐 하찮은 목표일지도 모르지만, 나는 그걸 위해 약한 과목도 열심히 노력하고 필사적으로 애썼다.

남들이 알아주지 않더라도 나는 가슴을 펴고 노력했다고 말할 수 있다. 이 노력을 두 사람에게 칭찬받고 싶었다.

"······정말, 그런 말 안 해도 얼마든지 칭찬해 줄 수 있어."

"맞아. 오히려 이제부터 엄마가 돌아오기 전까지 실컷 칭찬하고 칭찬하고 칭찬할 생각이었는데 말이지!"

"오오······."

굳이 필요 없는 말을 해버린 모양이다. 하지만 이미 해버린 말은 주워 담을 수 없다.

나의 소원을 들은 두 사람은 더는 멈출 것 같지 않았다.

두 사람은 꽈악, 양쪽에서 날 껴안고 쓰다듬기 시작했다. 마치 내가 남동생이라도 되는 것처럼 마구 쓰다듬었다.

　나는 민망함과 부끄러움에 젖은 채, 그대로 두 사람의 온기를 받았다.

　"열심히 했어."

　"정말로 애썼어."

　나는 진심을 담아 고개를 끄덕였다.

　#일러스트

otokogirai na bijin
shimai wo namae
mo tsugezuni tasuketara
ittaidounaru

우리는 사키나 씨가 운전하는 차에 몸을 싣고, 도중에 휴게소를 거쳐 무사히 여관에 도착했다!

"오～ 여기가 그곳인가."

"예쁘네. 녹음에 둘러싸여서 그런지 공기도 맑은 것 같아."

"사진 찍어야지♪"

"오랜만에 장거리 운전을 해서 피곤하네."

원래라면 골든위크에 갈 예정이었던 온천 여행이 드디어 오늘, 완수된 것이다.

물론 그만큼 일정이 줄어들긴 했지만.

원래는 2박 3일 예정이었으나, 연휴가 아닌 주말을 이용해야 했으므로, 1박 2일 일정이 되고 말았다.

그래서, 일수가 줄어든 대신 체크인 시간도 넉넉하고 식사 서비스도 잘 갖춰진 이 숙소를 선택했다.

'이틀 동안 알차게 즐겨야지!'

"세 사람 다, 우선은 방으로 갈까?"

"알았어요."

"네～."

사키나 씨를 선두로 우리는 여관을 향해 걸었다.

아름다운 푸른 산들이 가득한 곳에 있는 유명한 인기 여관──
『철새의 안식처』.

'멋진 이름이네.'

철새의 안식처. 용케 이런 이름이 떠올랐다 싶다. 임팩트 있는 이름이라 기억에 남았다. 한때 머무는 손님을 철새로 비유했다고 생각하면 참 잘 지었다.

"있지, 아리사."

"왜?"

"……엄청 센스 있는 이름이다, 그치?"

"후훗, 그러게. 나도 꽤 좋다고 생각했어."

이런 이야기를 주고받으며 여관 안으로 들어갔다.

주말이라고는 하지만 골든위크가 지났으니, 사람이 좀 적지 않을까 생각했는데, 숙박객은 생각보다 많았다.

"아리사, 아이나도 너무 떨어지면 안 된다?"

"알았어."

"응♪"

둘 다 어린아이가 아니니 떨어질 염려는 없겠지만, 주위의 시선을 사로잡고 있었기에 내가 더 제대로 지켜야 한다.

그런 말을 꺼낸 탓인지 두 사람 다 내 팔을 꼭 끌어안았다.

남들 앞이라서 부끄럽긴 하지만 떨어지지 말라고 말한 참에 다시 떨어져달라고 말할 수도 없고……. 후우, 오늘도 엄청 부드럽구나.

"오늘 예약한 신조입니다."

"기다리고 있었습니다, 신조 님. 자아, 이쪽으로 오세요."

그러고는 곧바로 오늘 묵을 방으로 안내받았다.

일본의 이미지를 응축시킨 것 같은 커다란 방으로, 다다미의 향기가 조부모님의 집을 연상시켰다.

"좋은 방이네."

"방 완전 크다!"

"마음에 드시나요?"

안내해 준 담당 직원에게 우리는 고개를 끄덕였다.

사실 나만 다른 방이 되지 않을까 생각하고 있었는데, 사키나 씨가 예약한 것은 한 개의 객실뿐이었다.

『굳이 나눌 필요는 없을 것 같은데요? 하야토 군은 제 딸들의 연인이고, 저에게는 이미 아들이나 다름없으니까요. 그렇다면 가족이나 다름없죠. 그리고 가족이 한방에서 지내는 건 이상하지 않잖아요?』

말의 후반에는 압력이 느껴진 것도 같지만, 이런 말까지 들어 버린 상황에서 반박의 말을 꺼낼 수 있을 리가 없었다. 뭐, 나도 기뻤지만.

단 이틀이라고는 해도 함께 여행하는 둘도 없는 시간, 심지어 같은 방에서 밤을 보낸다? 안 된다는 것을 알고 있어도 조금 히죽거리는 웃음이 새어 나오는 것은 남자로서 어쩔 수 없는 일이었다.

"조금 있으면 점심시간이니 잠시 후에 식사를 가져오겠습니다. 그리고 팸플릿에도 기재되어 있습니다만, 여관 주위에 관광 명소가 있으니 꼭 가보세요.”

“알겠습니다.”

“네에~!”

오오, 금방 여관의 식사를 맛볼 수 있겠구나.

게다가 관광 명소까지. 팸플릿에 여러 가지 장소가 실려 있긴 했는데, 인연의 샘이라는 곳이 있어서, 커플들은 무조건 간다고 했다.

“무슨 일이 있으시면 언제든 내선으로 불러주세요. 물론 프런트로 오셔도 됩니다.”

그렇게 말한 직원은 정중하게 인사하고 방을 나갔다.

“……정말 좋은 방이다.”

방석을 베개 삼아 누워보았다.

살짝 열린 창문을 통해 들려오는 살랑거리는 나무들의 속삭임이 묘한 평화를 가져다주었다. 배는 고팠지만 이대로 잠을 자도 괜찮을 것 같은 기분이었다.

누운 나를 보고 모두가 미소 짓는 와중, 아이나만이 사랑스러운 구호와 함께…… 잠깐?!

“쿠웅!”

“으헉?!”

누워 있는 내 위로 아이나가 뛰어들었다.

찾아올 충격에 무서워진 나는 순간적으로 반응했고, 몸을 일으켜 아이나를 받아내기 위해 양손을 뻗었다. 그러자 믿을 수 없게도, 내 양손은 아이나의 풍만한 가슴을 잡아채고 말았다.

"아앙."

푹신푹신한 마시멜로 같은 감촉!

다만 아이나의 야한…… 크흠, 아무튼, 아이나의 목소리에 빠르게 손을 뗐다.

안 그래도 가슴골이 보이는 노출도 높은 복장이었는데, 내가 건드리면서 옷이 흐트러졌다. 덕분에 붉은색의 화려한 속옷을 엿보고 말았다.

"하야토 군, 엉큼해."

"미안!"

"에헤헤, 사과하지 않아도 괜찮아♪"

아이나는 생글생글 웃으며 흐트러진 가슴팍을 가다듬고 옆에 앉았다.

"이왕이면 방석보다 부드러운 허벅지 위가 어떠실까요?"

톡톡, 자기 허벅지를 두드리는 아이나.

확실히 방석보다는…… 그렇게 생각함과 동시에 몸이 움직였는데, 그 사이로 아리사가 끼어들었다.

"자, 아이나, 이제 점심이니까 그 정도만 해."

"우…… 네~."

못내 아쉬운 얼굴을 하는 아이나이지만, 실은 나도 조금 아쉽다…….

하지만 거기서 아리사가 스윽 내 쪽으로 몸을 돌리며 이렇게 말한다.

"그러면 점심이 도착하기 전까지 내가 무릎베개 해 줄게."

아까 아이나의 움직임을 재현하듯 이번엔 아리사가 허벅지를 톡톡 두드렸고…… 당연히 아이나는 그냥 넘어가지 않았다.

"역시 그럴 줄 알았어!!"

"후후, 시끌벅적하구나."

나를 두고 양옆에서 말다툼하는 두 사람.

그런 우리들의 모습을 사키나 씨는 즐거운 듯이 바라보셨다.

"있지, 하야토 군, 어느 쪽이 좋아?"

"하야토 군은 어느 쪽이 좋아?"

"……."

그런 질문은 어떻게 해도 대답할 수가 없잖아!

어떻게 해야 하나 고민하는 그때, 점심이라는 이름의 구세주가 등장했다.

"실례합니다──. 점심을 가져왔습니다."

다른 사람이 나타나자 두 사람도 말다툼을 멈췄지만, 내게서 떨어지는 일은 없었다.

곧 준비가 끝나고 우리는 점심을 먹게 되었다.

꽤 호화로운 점심이라고 생각했는데, 밤에는 이 이상이라고 한다. 식사만으로도 상당히 만족스러운 수준이었다.

하지만 우리는 여행으로 이곳에 온 것이다. 즉, 겨우 이 정도에 만족할 수 없다는 거지!

"있지, 이 주변 둘러보지 않을래?"

"알았어. 엄마는 어떻게 하실래요?"

"글쎄……. 조금 졸리니까 잠시 낮잠이나 잘까."

"아~ 운전하느라 피곤하셨을 테니까요."

운전이 얼마나 피곤한지는 면허가 없어서 알 수 없지만, 아무리 중간에 휴식을 취한다고 해도 피곤할 것이다.

게다가 점심을 먹은 후이니 졸려도 어쩔 수 없지. 조금 아쉽긴 하지만 사키나 씨는 낮잠을 겸해 푹 쉬게 해 드리자.

"그럼 다녀오겠습니다. 두 사람은 제가 확실히 지킬 테니까 사키나 씨는 편하게 푹 쉬고 계세요."

"그래요, 하야토 군이 있으니까 아무 걱정도 없답니다. 두 사람을 잘 부탁해요."

"네!"

자아, 하야토. 사키나 씨에게 아리사와 아이나를 맡았으니 꼴사나운 모습은 보여줄 수 없겠지?

자신에게 그렇게 타이른 나는 가슴을 강하게 두드리며 사키나 씨에게 고개를 끄덕였다.

"잠깐, 하야토 군은 우리도 지킬 수 있어."

"맞아. 우리도 할 때는 하니까!"

"하하, 알지. 내가 두 사람을 지킬 테니, 내가 위기에 처하면 두 사람이 나를 지켜줘."

그런 말을 주고받은 후, 우리는 사키나 씨의 배웅을 받아 방을 나섰다.

팸플릿을 손에 들고 어디로 갈까 상의하면서 마침 프런트 옆을 지나가던 때였다.

"아, 형이다!"

형이라고 부르는 씩씩한 목소리에 반사적으로 의식이 그쪽으로 향했다.

나도 나름대로 아는 사람이 많은 편이지만, 날 형이라고 부르는 사람은 없다. 근데 묘하게 귀동냥이 있는 목소리인데.

"으음······?"

"하야토 군?"

"무슨 일이야?"

힐끗 시선을 돌리자, 조부모님 댁에 갔을 때 만난 그 남자아이가 있었다. 아이 옆에는 부모님으로 보이는 사람이······.

"형!"

남자아이가 부모님 곁을 떠나 내게로 달려왔다.

아리사와 아이나는 나와 저 아이가 아는 사이라는 건 알아도, 어떻게 된 건지는 모를 거다.

남자아이가 그대로 나에게 달려든 탓에 자세를 잡고 받아주었다.

"설마 이런 곳에서 만날 줄은 몰랐는데?"

"나도 놀랐어! 형도 여행 왔어?"

"맞아~! 예쁜 누나들이랑 여행 왔지."

"우와, 진짜 예쁘다!"

오, 이 녀석. 보는 눈이 있구나. 미래가 기대되는군.

그런데, 겨우 한 번 만났을 뿐인데, 꽤 정이 든 모양이네. 아, 그 전에 두 사람에게 무슨 일이 있었는지 알려줘야겠지. 이 아이에 대한 이야기는 아직 하지 않았으니까.

"조부모님 댁에 갔을 때 만난 아이야. 조금 대화를 나누다가 집까지 바래다줬거든."

"응! 형이 업어도 주고…… 나한테 소중한 게 뭔지 알려줬어! 그리고 엄마랑 화해도 시켜줬어!"

"아니, 화해는 네가 한 거잖아? 난 그냥 조언을 좀 했을 뿐이지."

"아니야! 형 덕분이야!"

아하하…… 이대로 계속 가다간 계속 같은 말이 오갈 것 같았다.

그때와 마찬가지로 업어줄 수는 없었지만, 아이가 너무 귀여운 탓에 그대로 안아서 들어 올렸다.

"그럼 내 덕인 걸로 하자!"

"응! 형 덕분이야~!!"

하하하, 하고 우리는 서로 웃었다.

"하야토 군…… 또 우리가 모르는 곳에서 누군가를 도와줬구나."

"역시 하야토 군은 정말 상냥해. 모두의 영웅이야."

물론 영웅이라고 할 정도는 아니지만…… 굳이 부정하는 것도 이상해서 그냥 칭찬으로 받아들였다.

"누나들한테도 형은 영웅이야?"

순수한 남자아이의 물음에 아리사와 아이나는 크게 고개를 끄덕였다.

"맞아. 멋진 영웅이야."

"우리를 도와줬거든♪"

"그렇구나! 역시 형은 대단해!"

날 너무 칭찬하지 말라고. 이 이상 칭찬받으면 아무리 나라도 들떠버린단 말이야.

"이렇게 다시 만나서 반가웠어. 아빠랑 엄마한테도 안부 전해줘."

"응! 또 봐, 형이랑 누나들!"

남자아이를 내려주자, 그는 크게 손을 흔들며 부모 곁으로 달려갔다.

아무래도 우리와 마찬가지로 이 여관에 묵는 모양이다. 어쩌면 어디선가 다시 만나서 이야기를 나눌 기회가 있을지도 모른다.

"좋아, 그럼 가볍게 관광해 볼까?"

"그러게. 가자."

"렛츠 고~!"

자아, 그러면 뭐부터 보러 갈까?

"전부 돌아볼 수는 없으니, 골라야 할 거 같은데?"

"음 엄마랑 같이 갈 장소도 남겨둬야 하니까……."

"아, 그러면 인연의 샘에 가보자."

인연의 샘이라……. 새해에 이미 인연을 맺어주는 부적을 샀지만, 이런 건 과해서 나쁠 것도 없을 테니 가볼까!

"인연을 맺어준다고 하니까 설날 때가 생각나네."

"맞아. 나도 같은 생각을 하고 있었어."

"인연 부적만 있어도 충분했을 텐데, 어딘가의 성급한 애는 순산 기원 부적까지 샀을 정도였지."

그랬지……. 마음이 급한 그 아이는 어디의 귀엽고 야한 여자애일까.

"얼른, 빨리, 빨리!"

"아이나, 좀 진정해."

"마음은 이해하지만 넘어져서 다치면 여행 온 보람이 없으니까."

진심으로 즐길 수 없을 테니까 말이지.

하지만 나는 알고 있다. 누군가가 이런 말을 하면 플래그가 생겨나고, 실제로 넘어지는 일이 생긴다. 즉, 내 역할은 아이나를 지키는 것!

"아이나~!"

좀 크게 소리쳐서 그녀를 멈춰 세운 나는 어깨에 손을 얹고 말했다.

"너무 들떠서 다치기라도 하면 큰일이잖아. 아이나는 늘 잘하지만."

"아…… 응, 미안해, 하야토 군."

얼굴을 붉히며 수줍게 웃는 아이나가 내게 딱 붙어왔다.

온순해진 아이나의 모습에 쓴웃음을 짓자, 아이나와 마찬가지로 반대편에 아리사도 붙어왔다.

"그럼 이렇게 걷자. 세 사람이 떨어지지 않으면 걱정할 일도 없을 테니까."

"그렇지! 너무 들떠서 하야토 군과 한시도 떨어지지 않고 오붓하게 보내겠다는 계획을 잊어버릴 뻔했어!"

"그런 계획이 있었어?"

이런저런 이야기를 나누는 사이 우리는 인연의 샘에 도달했다.

샘의 한가운데에 놓인 다리에서는 샘을 헤엄치고 있는 잉어의 모습이 보였다.

"물이 엄청 깨끗하다."

"그러게. 잉어한테 먹이 주고 싶어!"

"좋다. 나중에 해 보자."

나중에 잉어 먹이라도 사 볼까. 이런 기회가 아니면 잉어에게 먹이를 줄 일도 없을 것 같으니까.

"거기 세 분, 안녕하세요."

그때 갑자기 등 뒤에서 누군가가 말을 걸어왔다.

아리사와 아이나는 내 팔을 안고 있었는데, 갑작스러운 목소리에 놀랐는지 끌어안는 힘이 강해졌다.

많은 사람이 있는 가운데 풍만한 감촉을 느끼는 것에 약간의 죄책감을 느끼면서도, 누구인가 하는 생각이 몸을 돌렸다.

"……안녕하세요."

"안녕하세요."

"깜짝이야……."

그곳에 있던 것은 여성이었다.

앞가슴에 단 명찰을 보니 아마도 여관 직원 중 한 명인 것 같았다. 이 주위를 돌고 있는 모양이었다.

"놀라게 해서 죄송해요. 여행으로 오신 것 같은데, 이곳은 처음인가요?"

"아, 네. 여기 온 건 처음이에요."

"그렇군요, 그러면 이곳에 전해 내려오는 이야기에 관심은 없으신가요?"

전해 내려오는 이야기? 이 인연의 샘에 관한 걸까?

시간의 여유도 있었지만, 모처럼 평소에 오지 않는 장소에 왔으니, 직원에게 직접 이야기를 들어보기로 했다.

"팸플릿에도 있듯이 이곳은 인연의 샘이라고 해요. 커플이 저 다리를 건너가면 인연의 신이 가호를 준다고 알려져 있어요."

"와아……."

"신의 힘인지는 모르겠지만, 이곳을 방문했던 커플 몇 쌍이 결혼식을 했다는 이야기도 있고, 여기서 기도를 한 덕분에 무사히 결혼식을 올릴 수 있었다는 감사의 전화도 자주 받고 있답니다."

호오…… 이 장소에 그런 효과가 있는지는 그렇다 쳐도, 운이 좋은 장소는 확실히 맞는 것 같았다.

"설날에 더해서 이중 기도를 해도 좋겠다."

"그러게. 우리들의 인연, 여기서 좀 더 강하게 해볼까?♪"

두 사람이 나를 끌어안고 그런 말을 하는 바람에 직원이 고개를 갸우뚱했지만, 다행히 아무 말도 하지 않았다.

설마 내가 두 사람을 여자친구로 삼았다고는 생각하지 않겠지. 아마 남매라고 생각했을 거다.

어차피 아는 사람도 없는 곳이니, 시선을 그렇게 신경 쓸 필요는 없을 것 같다.

"그렇다면 바로 다리 위에서 기도해 볼까?"

"그러자."

"응."

두 사람과 다리 위에 섰다.

역시 이곳에 여자아이 두 명을 데리고 서는 것은 드문 일인지, 몇몇 시선이 쏠렸지만, 나는 둘째치고 아리사와 아이나도 전혀 개의치 않고 있었다.

"……예쁘네."

"반짝반짝해."

이곳에서 바라보는 주변 경치가 너무 아름다워 그만 넋을 잃고 구경했다.

푸른 산들에 둘러싸인 것만으로도 훌륭한 경치인데, 맑은 샘물의 수면이 반짝반짝 아름답게 빛나고, 그곳을 헤엄치는 생물들의 모습까지 더해지니 이 또한 운치가 있어서 나쁘지 않았다.

"자, 기도할까?"

"그러게. 눈을 감을까?"

"응! ……?"

샘에 기도를 담는 심정으로 나는 눈을 감았다.

이렇게 하고 있으니, 주위의 번잡함이 사라지며 점점 조용해지는 느낌이 들 정도다.

슬슬 눈을 뜨려는 찰나, 양 볼에 쪽 하고 무언가가 닿았다.

"후후♪"

"에헤헤♪"

바로 두 사람의 입술이었다.

눈을 뜨자 맑은 수면에 양쪽에서 키스받는 내 모습이 선명하게 비쳤다.

'만일 인연의 신이 있다면, 평범하지 않은 우리도 축복해 주실까?'

그것은 그야말로 신만이 알고 있겠지만, 설령 신에게 미움을 산다고 하더라도 이 두 사람과 떨어지고 싶지 않다. 나에게는 가호를 주지 않더라도 내가 정말 좋아하는 두 사람에게는 주었으면 좋겠다.

"키스도 했고, 이걸로 완벽하네."

"잘 전해졌을까? 분명 괜찮을 거야."

"나…… 신에게 폭발하라는 저주를 받지는 않았겠지?"

내 말에 두 사람은 문제없다며 웃었다.

이것 때문에 가호가 아닌 저주를 받게 된다면 웃을 수 없는 이야기겠지만, 나와는 달리 아리사와 아이나는 얌전한 여자아이니까 그만큼 강한 가호를 받아야겠지!

"나 잉어한테 먹이 주고 싶어."

"나도 줘보고 싶어. 갈까?"

기도를 마친 우리들은 다리에서 내려와 먹이 판매 장소로 향했다.

먹이 3인분을 사기에는 양이 너무 많았기에 1인분을 산 뒤 그것을 셋이 나눠 각자 샘에 던져넣었다.

먹이를 던져 넣자, 잉어가 달려들듯이 수면 위로 얼굴을 내밀어 뻐끔뻐끔 입을 여는 모습은 꽤 귀엽다……. 응? 귀엽지……? 난 귀엽다고 생각하는데.

"귀엽네."

"아하하, 이쪽에도 던져봐야지!"

좋아, 좋아. 두 사람도 귀엽다고 생각하는 것 같아 안심했다.

나는 떠들썩한 두 사람을 바라보고 있을 뿐이었지만, 그것만으로도 지금의 이 순간이 과분할 정도로 즐거웠다.

아리사나 아이나와 특별한 일을 하고 있지 않아도, 이런 사소한 일에도 행복을 느낄 수 있는 이 순간…… 어떻게 표현해도 최고다.

"아, 잠깐, 아이나?!"

"으, 으앗?!"

몸을 내밀어 샘을 들여다보던 아이나가 삐끗하며 떨어질 뻔했고, 그것을 본 아리사가 순간적으로 팔을 잡아당겨 막았다.

"네 덜렁대는 성격은 정말 누구를 닮았는지 모르겠어."

"미안, 미안! 너무 즐거워서 그만!"

……후우, 나도 아이나를 돕기 위해 몸이 움직였지만 아무 일도 없어서 다행이다.

"매년 샘에 빠지는 사고가 일어나니까 조심하세요. 그녀가 떨어지지 않아서 다행이네요."

"네…… 어?!"

갑자기 옆에서 들려오는 목소리에 나는 화들짝 놀랐다.

그 목소리의 주인은 아까 샘의 전설에 대해 알려주었던 여성 직원이었는데, 설마 이렇게 지척에 있을 줄은 몰랐다. 이 사람, 혹시 남을 놀라게 하는 게 취미는 아니겠지?

"이런, 모습을 보니 놀라게 한 것 같네요."

"네…… 조금."

"죄송합니다."

"아뇨, 굳이 사과하실 정도는 아니에요."

예쁜 각도로 고개를 숙이는 여성. 내가 그렇게 말하자 알겠다며 즉시 고개를 들어 슥 옆에 나란히 섰다.

또 무슨 말이 남았나.

샘을 바라보던 그녀가 입을 열었다.

"방금 설명해 드린 것 말고도 이 샘에는 또 다른 이야기도 전해지고 있는데, 들어보시겠어요?"

"호오, 좀 궁금하네요."

인연을 맺어주는 것 말고도 또 뭐가 있는 걸까? 여기까지 들은 이상 궁금하기도 하고, 모처럼 여행으로 온 장소였으니 기념으로 물어보았다.

여자는 알겠습니다, 하고 대답하더니 말문을 열었다.

"지금보다 더 아득한 옛날, 이 샘에 금실 좋은 커플이 찾아왔습니다. 그 남녀 두 사람은 이곳에서 장래를 맹세하고 결혼을 앞두고 있었습니다."

"네."

"하지만 그러고 나서 며칠 후, 남자의 외도가 발각되었습니다."

"……호오."

와…… 나도 모르게 뺨이 움찔거리는 것이 느껴졌다.

인연을 맺어준다는 이런 장소에 와서 서로 사랑을 맹세했는데 곧바로 상대의 외도가 발각되었으니, 여성의 심정은 상상하기 어렵지 않았다. 그 후에 어떻게 됐을까.

"처음부터 양다리였던 거죠. 남자는 필사적으로 변명했지만, 상처받은 여자는 남자의 말에 귀를 기울이지 않았고, 사랑을 맹세한 이 샘에서 남자의 불행을 바라며 그대로……."

"……."

"그래서 이곳에는 그 여자의 영혼이 방황하고 있다는 이야기도 있답니다. 사랑을 맹세한 상대를 슬프게 하는 인간이 있다면 용서하지 않겠다, 반드시 벌을 주겠다면서요."

"……무섭네요."

"뭐, 제가 꾸며낸 이야기지만요."

"아니, 저기요?!"

지어낸 이야기였냐고!

만약 친한 상대였다면 틀림없이 한 방 정도는 물리적인 공격을 가했을 것이다.

이 여자의 말투와 분위기, 게다가 꽤 그럴싸한 내용이었기 때문에 제대로 믿어버렸다. 큭, 당했어!

"하야토 군, 왜 그래?"

"엄청 큰 소리 내지 않았어?"

"아, 아니…….."

"제가 지어낸 이야기에 만점짜리 리액션을 주셨습니다. 어떠신 가요? 두 분도 들어보시겠어요?"

아리사와 아이나는 고개를 끄덕였고, 내가 들은 이야기를 끝까지 듣게 되었다.

다만 나에게 했던 이야기와 비교해 조금 각색이 더해진 것은 좀 의아했지만, 그 덕분에 두 사람의 반응은 나에게도 무척 즐거웠다.

'바람이라…….'

꾸며낸 이야기이든 그렇지 않든, 역시 바람을 피우는 행위는 불행한 결말밖에 나오지 않는다는 생각이 들었다.

양다리라……. 나는 진심으로 두 사람을 사랑하고 있다. 정말 좋아한다. 새삼스럽게 고민할 일도 아니다.

나는 두 사람의 곁에 있다. 두 사람도 내가 곁에 있기를 바란다.

서로 그렇게 생각하는 것이 가장 중요하다. 그것이 나와 그녀들의 자연스러운 형태니까.

"다시 말해 바람을 피우면 절대로 안 된다는 이야기군요."

아무래도 이야기가 끝난 모양이었다.

여자는 일이 있다며 그대로 가버렸고, 우리도 다시 여관으로 돌아갔다.

사키나 씨가 낮잠을 자기에는 충분한 시간이었을 테고, 모처럼 함께 여행을 왔으니 사키나 씨도 함께 있어야지.

"……?"

여관으로 돌아가기 위해 발걸음을 옮기려던 그때였다.

나는 문득 샘 쪽으로 몸을 돌렸다. 분명 관광객들로 붐비는 조금 전과 무엇 하나 달라지지 않은 풍경이었는데, 어째서인지 시선을 뗄 수 없었다.

"하야토 군……?"

"뭐 신경 쓰이는 거라도 있었어~?"

왜 이렇게 신경이 쓰이지?

누군가의 시선을 받는 것 같은 이해할 수 없는 감각…… 어?

순간…… 수면 위로 떠오른 여성의 모습을 본 것 같은 기분이었다.

물론 단순한 환각, 그러니까 잘못 봤다는 것을 곧바로 알아차렸기 때문에 나는 아무것도 아니라며 웃었지만, 순간적이라고는 해도 내 상태가 이상한 것을 보고 두 사람은 신경이 쓰인 모양이었다.

"사실…… 한순간이지만 수면 위로 여자 모습이 보인 것 같은 기분이 들어서. 아마 아까 이야기가 생각보다 무서웠나 봐."

"아, 그런 거구나."

"바람을 피웠다는 이야기 말이지…… 언니."

"응."

"왜 그래?"

아리사와 아이나는 서로 고개를 끄덕였고. 이곳에 왔을 때와 마찬가지로 두 사람은 내 팔을 감싸안듯이 몸을 기대왔다.

"하야토 군은 바람피울 거야?"

"우리 같은 여친이 있는데?"

씨익 웃으며 그렇게 말하는 이들의 표정은 도발적이었다.

마치 자신들처럼 멋진 여자친구가 있는데, 그럼에도 바람을 피울 수 있겠느냐고 묻는 것 같다. 당연히 할 수 있을 리가 없지, 하고 나는 쓴웃음을 지었다.

"피울 리가 없지. 너희 이상으로 매력적인 여성은 없으니까."

굳이 말하면…… 엄마?

그런 생각을 하고 있자 팔을 끌어안는 힘이 더욱 강해져 강제적으로 그녀들에게로 의식을 되돌렸다.

"우리도 마찬가지야. 하야토 군보다 더 매력적인 남자는 몰라."

"맞아. 우리들 안에서는 어떤 일이 있어도 하야토 군이 제일이니까."

"고마워, 두 사람 다."

무심코 기쁜 마음이 차오른 나는 주위의 눈이 미치지 않는 것을 확인하고 나서 차례로 두 사람의 뺨에 키스했다.

"이럴 때는 입술에 하는 거 아니야?"

"맞아, 하야토 군!"

뺨에 한 키스가 조금 불만이었을까. 두 사람이 얼굴을 들이밀며 항의했다.

그래도 키스를 받은 것 자체는 기뻤는지 두 사람도 내 뺨에 키스를 돌려주었다.

"이다음은 밤에."

"그렇지. 방에서는 방해도 없을 테니까."

……밤이 오는 게 조금 무서워졌다.

우리는 샘을 떠나 여관으로 돌아갔다. 그 무렵에는 샘에서 봤다고 생각한 여성의 모습이나 바람 어쩌구 하는 이야기는 거의 잊고 있었다.

객실로 돌아오니 사키나 씨가 이미 일어나 계셨다. 잘 쉬신 모양이다.

그래서 사키나 씨와 합류해 다시 주변을 관광했고, 어느 정도 만족했을 무렵에는 저녁이 되어있었다.

아직 둘러볼 만한 곳이 한참 남았으니 남은 곳은 내일 아침부터 다시 모두와 함께 돌아보기로 했다.

"자, 저녁 먹기 전에 드디어 온천인데……."

일단…… 그, 이곳에 도착하기 전에 차 안에서 들은 내용이다.

이곳에는 전세 노천탕이라는 혼욕이 존재하는데, 이용을 위해서는 예약이 필요하다. 연인들이나 가족끼리 즐기는 와중 타인이 있으면 어색하기 때문이겠지.

하여, 나를 포함한 아리사, 아이나 세 명으로 전세탕 예약을 미리 잡아두었다. 즉, 나는 지금부터 그녀들과 함께 알몸으로 보내야 한다.

"……괜찮을까."

현기증으로 쓰러지는 건 아니겠지?

그녀들이 빨리 가자며 내 손을 잡아당겼다. 좋아, 여기까지 와서 도망칠 수는 없다!

나는 각오를 굳히며 그녀들과 함께 도원향의 탕으로 향했다.

연인과 보내는 전세 노천탕. 남녀가 자연 그대로의 모습으로 목욕을 즐기는 장소! ……라고 하지만, 실은 나도 잘 모른다. 경험해 본 적이 없으니.

"……어쩌지, 엄청나게 긴장되기 시작했어."

한발 앞서 온천에 온 나는 그렇게 중얼거렸다.

대담하게 옷을 벗는 두 사람의 모습을 직시할 수 없었다.

이 뒤에 같이 온천에 들어가야 하는데 괜찮을까, 나.

"어머, 별이 아름답네."

탕의 하얀 연기는 그녀들을…… 전혀 가리지 못한다!

나는 허리에 수건을 감은 스타일이었고, 그녀들도 몸을 수건으로…… 감아서 감추지 않고 그저 몸 앞에 들고 미묘하게 감추고 있을 뿐.

걸으면 당연히 팔랑팔랑 수건이 흔들린다. 흔들리면서 중요한 부분이 보일 것 같아서 나는 시선을 피했다.

"아, 하야토 군!"

멈춰선 나를 발견한 아리사와 아이나가 소리를 지르더니 찰박거리는 발소리를 내며 달려왔다.

'젠장…… 달려오는 두 사람의 모습을 볼 수 있다면 분명 황홀한 광경일 텐데……! 그녀들과 목욕한 적도 있으면서 나는 뭘 새삼스럽게……!'

이미 그녀들과 야한 이벤트를 겪어봤음에도 나는 여전히 부끄러움을 감출 수 없었다.

아니지. 이런 일은 부끄러움이 중요한 거 아닐까?

"잡았다."

"잡았다아~!"

내게 안겨든 순간, 두 사람이 들고 있던 수건이 스르륵 떨어졌다.

옷이라는 피부를 가로막는 것이 완전히 사라진 탓에 그들의 피부가 직접 닿았고, 어떻게 해도 속일 수 없는 압도적인 탄력감이

175

나를 덮쳤다.

말랑말랑? 통통? 쫀득쫀득?

몇 개의 의성음이 머릿속에 떠올랐다가 사라졌다. 헉?!

"두, 두 사람 다…… 좀 떨어져 주면——."

어쨌든 지금은 내 마음을 가라앉히는 게 먼저였다.

그렇게 생각한 나는 두 사람에게 제안했지만, 두 사람은 웃는 얼굴로 고개를 저었다.

"싫은데♪"

"싫어♪"

네, 안 된다고 합니다.

그건 그렇고 이 상황…… 굉장히 위험하다고 할까, 뭐라고 콕 집어서 말할 순 없지만 어쨌든 위험하다!

그저 닿아 있는 것뿐이라면 그나마 괜찮지만, 호흡할 때마다 가슴이 조금씩 오르락내리락하는 탓에 작은 동작임에도 그 감촉만큼은 무척 크게 느껴졌다.

"……읏."

그때 문득, 나는 쌀쌀함을 느끼고 몸을 떨었다.

추운 계절도 아니건만, 밤바람이 인정사정없이 몸을 때리는 탓이었다.

"아, 좀 춥지?"

"듣고 보니 좀 쌀쌀한 것 같다."

그제야 겨우 두 사람은 내게서 몸을 떨어뜨렸다.

떨어져 준 것에 안심하면서도 약간의 아쉬움을 느끼면서, 아리사와 아이나의 손에 이끌려…… 어?

"자, 그때 했던 것처럼 몸을 씻겨줄게."

"구석구석 씻겨줄게에~."

"……예."

완전히 잠겨버린 문에 의해 퇴로는 막혀버렸고, 나는 결국 말 없이 두 사람에게 몸을 씻기는 신세가 되어버렸다.

그리고 그 반대도 마찬가지. 역시 여성의 몸을 씻는 것은 엄청난 세심함이 필요한 일로, 두 사람이 간지럽다며 몸을 움찔거린 것만으로도 나는 흠칫흠칫 놀라야 했고, 온천에 몸을 담글 무렵에는 기묘한 피로감에 사로잡혀 있었다.

"……하아~."

그러나 역시 인기 여관의 노천탕이다. 정말 기분 좋다.

피로가 한꺼번에 풀리는 듯한 이상한 기분을 느끼면서, 나는 아리사와 아이나 사이에 끼인 형태로 온천을 즐겼다.

'……즐기고 있는…… 거지?'

나는 그렇다 치고 두 사람도 그 몸에 수건을 감고 있지 않았다.

수증기나 물의 파동으로 인해 중요한 부분이 선명하게 보이지 않는다고는 해도, 오른쪽에도 왼쪽에도 극상의 여체가…… 만약 옛날의 귀족이었다면 두 사람을 안주 삼아 술이라도 마시지 않았을까.

"긴장했어?"

"······그야 물론."

귓가에 속삭이는 아리사의 물음에 나는 순순히 인정했다.

처음부터 알고 있었던 거지만····· 이런 상황에서는 당연히 긴장할 수밖에 없고 몸도 굳을 수밖에 없다.

다만 한참을 그렇게 있다가 보니 서서히 익숙해졌다.

이것도 아마 그녀들과 계속 함께 지내고 있고····· 그리고 평소에 야한 유혹을 당하고 있기 때문이 아닐까.

"나 말이지····· 원래라면 좀 더 여러 가지로 하야토 군에게 하고 싶은 일들이 있었어. 그야말로 하야토 군이 더는 참을 수 없게될 것 같은 일 말이야!"

"그, 그래?"

"응!"

그런 귀여운 얼굴로 그런 흉악한 말 좀 하지 말아줄래?!

대체 무슨 짓을 하려고 했을까 궁금해지는 것도 남자로서 어쩔 수 없는 일이지만, 그것보다 나는 아이나의 옆모습이 더 신경 쓰였다.

생각에 잠긴 듯한 얼굴로 예쁜 밤하늘을 바라보며 아이나는 말을 이었다.

"하지만····· 사랑하는 하야토 군과 사랑하는 언니와 엄마·····정말 좋아하는 사람들과 이렇게 여행할 수 있다는 게 너무 기쁘고, 이 아름다운 밤하늘을 느긋하게 바라볼 수 있는 시간이 소중해서."

"아이나······."

"지금은 그저······. 이 행복한 시간에 느긋하게 잠기고 싶어."

아이나는 그렇게 말하고 톡, 내 어깨에 머리를 얹었다.

여전히 내 심장은 쿵쾅쿵쾅 뛰고 있었지만, 아이나의 말과 그녀에게서 풍기는 분위기 덕분에 점차 진정되었다.

"그건 나도 마찬가지야."

"아리사?"

그리고 아리사 또한 아이나처럼 내 어깨에 머리를 얹었다.

"하야토 군을 만나지 않았더라면······ 난 계속 남자를 싫어한 채, 이렇게나 멋진 연애를 할 일도 없었겠지. 동시에 너만의 내가 되고 싶다는, 그런 마음을 품는 일도 없었을지도 몰라.'

"······."

"별하늘은 얼마든지 바라볼 수 있어. 하지만 이렇게 행복한 마음으로 별하늘을 바라볼 수 있는 건 네가, 하야토 군이 옆에 있기 때문이야."

아리사····· 아이나도 그렇지만, 그런 식으로 생각해 주다니.

늘 전해주는 것이긴 하다. 말을 통해서도, 태도를 통해서도 두 사람이 나를 무척 좋아한다는 마음은 언제나 전해지고 있었다.

그리고 그것은 나도 마찬가지.

"미안, 한순간이지만 그 정도의 사랑을 받을 만큼의 장점이 나한테 있나, 하는 쓸데없는 생각이 들었어."

"어머, 그래?"

"하야토 군은 조금 더 자랑스러워해도 좋을 텐데. 나한테는 여친이 두 명이나 있다! 하고 말이야."

확실히, 그 정도의 배짱을 늘 지니고 있는 편이 더 나을지도 모르겠다.

그렇다고 해서 자만할 생각은 없다. 그녀들과의 만남에 감사하며, 그녀들과 사랑을 나누는 지금을 마음껏 누리면 되는 것이다.

"……둘 다, 잠깐 팔을 놔줄 수 있을까?"

팔이 풀리자, 이번에는 내가 팔을 벌려서 두 사람을 감싸 안았다.

찰박, 뜨거운 물이 튀는 소리와 함께 조금 놀란 것 같은 두 사람의 사랑스러운 비명이 울려 퍼졌다.

"나도 이렇게 두 사람과 여행할 수 있어서 행복해. 아마 앞으로도 이런 일은 몇 번이고 있겠지. 어디까지나 지금은 그 첫 번째 여행에 불과하겠지만, 어쨌든 정말 즐겁고 행복하고……."

이날을 얼마나 기다렸는가. 이날을 위해 열심히 공부했고, 시험에서도 좋은 결과를 남겼기에 이렇게 홀가분한 마음으로 여행을 올 수 있었다.

그 끝에 이런 최고의 체험을 할 수 있다는 것은, 역시 그녀들이라는 존재가 나에게 정말 크다는 뜻이겠지.

"너희들과 가깝게 지낸 지 이제 겨우 반년밖에 지나지 않았어. 아직도 그 정도야. 좀 더 좀 더, 너희들과 더 많은 시간을 보내고 싶어. 그러니까 앞으로도 부디 잘 부탁해——. 아리사, 아이나."

양옆에 있는 두 사람은 고개를 끄덕였지만, 그 후에도 한동안

멍한 얼굴로 나를 바라보았다. 나는 그런 시선을 받고 중얼거렸다.

"……별이 예쁘네."

"푸훗! 뭐야, 부끄러워서 하는 말이 그거야?"

"아하하! 하야토 군 얼굴이 빨개!"

시, 시끄러워!

나 스스로 낯간지러운 말을 했다는 생각에 좀 부끄럽단 말이다! 틀린 말을 했다는 생각도, 전한 것을 후회하지도 않지만, 이 얼굴의 열기는 분명 온천 때문만이 아니다. 큭, 부끄러워!

"뭐, 뭐어, 온천을 즐기자! 모처럼 다 같이 이렇게 노천탕에 들어왔으니까!"

"흐음, 하야토 군도 지금을 즐기고 있는 것 같네."

"하야토 군은 이렇게 알몸으로 같이 보내는 걸 하고 싶었구나."

"……."

이거, 무슨 말을 해도 다 이상해지는 상황이다.

그렇다면 나갈 때까지 입을 다물고 있겠어! 그렇게 다짐한 나를 두 사람도 눈치챘는지 씨익 웃으며 뜻밖의 행동에 나선다.

"그보다 하야토 군. 우리만 아무것도 걸치지 않은 건 비겁하지 않아?"

"맞아. 그리고 그렇게 수건을 두르고 있으면 답답하잖아?"

"뭣, 잠깐?!"

두 사람은 내 허리에 감긴 수건에 손을 붙잡아 빼앗았다.

확실히 탕에 들어갈 때 수건을 두르는 건 매너가 아니라고는 하지만, 그건 좀 위험해!

나는 순간적으로 자세를 틀려고 했지만, 그것으로 인해 어깨에서 흘러내린 양손이 깔끔하게 그녀들의 가슴에 닿고 말았다.

'왜 이렇게 되는 건데?!'

모든 운명이 야한 쪽으로 방향을 꺾으려 하는 느낌인데?!

가슴에 닿은 순간 앗, 하고 두 사람이 소리를 내며 몸을 움찔거렸고, 내 몸에도 좋지 않은 변화가 적지 않게 생겨났다.

자세를 바꾸는 것만으로는 안 된다. 한시라도 빨리 떠나지 않으면…… 하지만, 그것은 두 사람에 의해 곧바로 저지되었다.

"음!"

"에이!"

내 손이 떨어지지 않도록 두 사람은 내 손을 가슴에 밀어붙였다.

속옷 등 가로막을 천이 없는 탓에 그녀들의 힘에 의해 내 손은 풍만한 가슴 속에 파묻혔고, 나는 탄력과 싸우는 그 부드러움을 만끽하게 되었다.

"잠깐?!"

"이거 봐, 우리도 하야토 군도 이걸로 태초의 모습 그대로야. 목욕탕에서는 역시 이렇게 있어야지."

"맞아. 조금만 더 쉬면서 몸을 데우자."

"으…… 으윽……."

이, 이 무슨 공간이란 말인가……! 이것이 남녀가 들어가는 온천……을 넘어서, 나에게는 이미 두 사람이 만화나 애니메이션에 등장하는 서큐버스로밖에 보이지 않았다.

조금이라도 손가락에 힘을 주면 더욱 가라앉으며 탄력이 느껴졌고, 이 작고 단단한 다른 감촉은…….

"응……."

"앙……."

"미, 미안!!"

순간적으로 사과하자 두 사람은 키득키득 웃는다.

하지만 그 미소가 너무나도 요염해서…… 그야말로, 목소리만으로 내 이성을 송두리째 날려버리는 위력을 갖고 있었다.

이 상황에서 벗어날 수 없다면, 심두멸각 뿐이다!

"그건 그렇고, 이거 그거네—— 하야토 군, 마치 왕 같지 않아?"

"그러네! 주지육림의 왕이다!"

두 사람의 그 말을 듣고 나는 곧바로 떠올렸다.

이렇게 온천에 몸을 담근 채 알몸의 미녀 두 명을 양옆에 안고 있을 뿐만 아니라, 여성의 상징 중 하나이기도 한 가슴을 주무르는 나. 이거, 나중에 주인공에게 죽는 악역 포지션 아니야?!

"이거, 너무 악역 같지 않아?"

"아, 확실히…… 그래도 하야토 군인데? 악역은 어울리지 않아. 실은 상냥하고 뒤에서 존경받는다는 설정일 거야, 반드시!"

그건 악역이 아니잖아……?

하지만 그런 식으로 말해 주는 것은 더할 나위 없이 기쁘다.

'나, 여기서 무사히 나갈 수 있을까?'

몇 번이나 말하지만 여기는 그저 온천. 전세 노천탕이기는 하지만, 단순한 온천이다.

나는 한동안 더 노력해야 할 것 같다.

▶▷

우리는 편안하게 온천 안에서 몸을 데우며 그동안 쌓은 추억 이야기로 꽃을 피웠다.

물론 이야기 중에도 계속 아리사와 아이나는 내 몸에 딱 달라붙어 있었다. 내 두 손도 두 사람의 품에서 떨어지지는 않았다.

"……후우. 기어이 살아남았다."

나는 전쟁터에서 살아 돌아온 전사처럼 중얼거렸다.

열기 탓에 약간 어지러운 것 같아서 두 사람보다 먼저 나왔다.

두 사람도 5분 정도 후에 나온다고 했으니 곧 돌아올 것이다.

"사키나 씨도 함께했다면 어땠을까."

이번에 사키나 씨는 연인끼리의 시간을 충분히 즐기라고 하시면서, 우리들을 전세 노천탕에 보내주셨다.

그 배려가 감사하긴 했지만, 한편으로는 아쉽다는 생각이 들어, 스스로 좀 당황스러웠다.

"다녀왔습…… 헉?!"

상황이 이렇다 보니 나는 무심코 방심하고 있었다.

편안한 마음으로 방에 돌아온 나는, 마침 유카타로 갈아입는 사키나 씨와 마주치고 말았다.

　방에 비치된 온천에서 나온 직후인 것 같은데, 정말 상상도 못한 사고였다.

　"죄, 죄송합니다!"

　순간적으로 뒤로 돌았는데, 사키나 씨가 키득키득 웃는 소리가 들려왔다.

　"우후후. 괜찮아요. 하야토 군—— 자, 이제 옷을 다 갈아입었답니다."

　"……넵."

　뒤를 돌아보니 사키나 씨는 이번엔 제대로 유카타를 입고 계셨다.

　방금 본 요염한 모습이 머릿속에서 떠나질 않았지만, 사키나 씨가 감기로 몸져누웠을 때의 일에 비하면 훨씬 나았다.

　"두 사람과의 온천은 즐거웠나요?"

　"아, 예! 정말 즐거웠어요!"

　……어? 이러면 다른 의미로 해석되지 않나?

　딱히 아무 일……이 있기는 했지만, 아무튼 즐거웠다.

　"전부, 사키나 씨가 도와주신 덕분이에요."

　"무슨 말인가요?"

　나는 고개를 갸우뚱하는 사키나 씨 곁으로 다가갔다.

　"이번 여행, 아직 첫날이지만 정말로 즐거워요."

　"후훗, 그렇다면 다행이네요."

감사는 언제든 전할 수 있지만, 지금 말해 두고 싶었다.

나는 사키나 씨의 눈동자를 바라보며 말을 이었다.

"감사해요—— 엄마."

그렇게 말한 순간, 시간이라는 개념이 멈춘 것 같은 감각이 엄습했다.

사키나 씨가 입을 떡 벌린 채 아무 말도 하지 않아서 그런 것도 있었지만, 역시나 너무 갑작스럽지 않았나 하는 생각에 나 스스로 민망해진 탓이었다.

너무 과했나 싶은 생각이 든 순간, 사키나 씨가 몸을 일으켜 나를 끌어안았다.

"세상에, 엄마라니…… 하야토 군, 하야토 군, 하야토 군!!"

"사, 사키나 씨……!"

키는 내가 더 크기 때문에 가슴 근처에 사키나 씨의 얼굴이 닿았는데, 등에 팔을 단단히 두른 탓에 복부에 풍만함이 느껴졌다. 아리사와 아이나 이상이다……!

"기뻐요, 하야토 군. 그렇게 말해 줘서 ♪"

"아, 네……."

"엄마…… 엄마…… 우후후후후후!"

조금 무서운데요!

그래도 사키나 씨의 표정을 보니 잘했다 싶었다.

그 후 아리사와 아이나도 돌아오며 저녁 식사 시간을 맞이했다.

"이거 엄청 맛있어!"

뭐, 그래도 이것 또한 가까운 이들과 보내는 밤의 단편이자 숙박의 묘미라는 거겠지. 적어도 지금의 나는 무척 행복하니까.

결국 그 후에도 이런저런 대화로 자는 것이 늦어졌다. 물론 끝까지 그녀들의 손은 멈추지 않았다.

……

응?

"어라……?"

으음? 하고 나는 고개를 기울였다.

아리사와 아이나의 손이 몸을 만지는 감각에 견디는 와중에도 용케 잠든 모양이었다.

"새근…… 새근…….."

"……음냐."

양쪽에서 아리사와 아이나가 기분 좋은 얼굴로 잠들어 있었다. 자는 얼굴도 귀엽고 예쁘다.

맞은편에는 사키나 씨가 잠들어 있었다. 자기 전에 야릇했던 분위기와 저녁때 있었던 소란스러움이 거짓말처럼 느껴지는 정적이었다.

'……어쩌지, 묘하게 잠이 깨버렸는데.'

겨우 일자가 바뀌었을 무렵이었다. 동이 틀 때까지 아직 멀었는데, 졸음기가 싹 가셨다.

이대로 일어나 있으면 낮에 즐기기 어려워질 거다. 좋아, 어떻게든 잠을 자도록 노력해 보자.

눈을 꼭 감고 있으면 잘 수 있다…… 잘 수 있겠지?!

"하야토 군……."

문득 아리사의 목소리가 들렸다.

설령 잠꼬대라고 해도 이름이 불리면 시선이 향해 버린다.

옷이 흐트러져서 풍만한 가슴골에 눈이 간다. 이건 어쩔 수 없다. 보이는 걸 어쩌겠는가.

"……야하군."

정말 야하다. 나는 크게 고개를 끄덕였다.

온천에서도 그랬고, 잠들기 전에도 장난을 잔뜩 당했으니…… 이번에는 내가 조금 장난을 쳐도 괜찮지 않을까?

"……꿀꺽."

그녀들에게 내가 먼저 장난친 적은 거의 없다.

어쩐지 조금 두근거린다. 엄청난 나쁜 장난을 하는 것 같은 기분이다.

"……콕콕."

아리사의 뺨을 부드럽게 찌르자 간지럽다는 듯이 몸을 비틀었다. 반응이 너무 귀엽다.

이번에는 아이나한테 해보자. 아이나도 아리사처럼 깊이 잠든 것 같으니, 이 정도 장난이라면 아무 문제 없을 거다.

"……콕콕."

아이나도 아리사와 마찬가지로 반응이 귀여워서 나도 모르게 계속하고 말았다.

"진짜 찔러보고 싶은 장소는 따로 있는데 말이지……."

위아래로 오르내리는 그녀들의 가슴이 눈에 들어왔다. 저 부드러워 보이는 곳에 닿고 싶다.

어제 두 사람에게 실컷 당했으니 이 정도는 괜찮겠지?

하지만 막상 하려니 도무지 엄두가 나질 않았다. 너무 과하다고 할까, 대담하다고 할까. 잠든 두 사람의 가슴을 만진다니, 아니 될 소리다.

나는 필사적으로 번뇌를 다스리며 자야지, 자야지 하고 눈꺼풀을 감았다. 좋아, 자는 거야!

하지만 당연하게도 바로 잠들지는 못했다.

결국 어떻게든 잠들려고 머릿속에서 양을 계속 세다가…… 어느새 잠에 들었다.

이때, 아무리 가볍게라도 내가 두 사람에게 장난을 쳤다는 사실은 변하지 않는다.

그래서일까…… 나는 이날, 조금 무서운 꿈을 꾸게 되었다.

otokogirai na bijin
shimai wo namae
mo tsugezuni tasuketara
ittaidounaru

문득 정신이 드니 나는 낮에 갔던 샘에 서 있었다.

하늘은 새까맣게 밤의 장막이 드리워 있었다. 그토록 아름답던 수면도 어둠에 물들어 새까맣다.

"……왜 여기에?"

나는 분명 여관방에서 자고 있었는데?

그런데 갑자기 여기에 있다는 건…… 설마 몽유병인가?!

"아니, 이제 와서 그런 증상이 있을 리가 없지."

그렇다면 왜 내가 여기에…….

그 순간 첨벙 하고 물소리가 났다.

반사적으로 소리가 난 쪽을 바라보자, 새까만 물에서 웬 여자가 머리를 내밀고 있었다.

"으아아아아악?!"

나의 비명이 주변에 울려 퍼졌다.

긴 머리가 늘어져 있어 얼굴은 보이지 않았지만, 차라리 보이지 않아서 다행일지도 모른다. 그만큼 오싹했다.

"으윽!"

도망치려고 했지만, 다리가 전혀 움직이지 않았다.

뭐야, 왜 움직이지 않는 거냐고!

필사적으로 움직이려고 해 봤지만 역시 움직이지 않았다.

여자는 물을 가로지르더니, 샘에서 기어나와 코앞까지 왔다.

"바람피우는 남자는 용서하지 않아…… 절대로…… 절대로 용서하지 않아."

"무, 무슨 소릴…….."

바람이라고? 혹시 낮에 여자 직원이 말했던 그거냐?! 지어낸 이야기라면서?!

그렇다면 이건 현실이 아닌 건가……?

거기까지 생각한 순간, 터억 하고 어깨를 강하게 붙잡혔다.

"그 애들을 구해 줘야 해……. 나 같은 비극이 생기지 않게 하려면, 널 없애버려야 해!!"

"으…… 이 자식, 이거 놔!"

이, 이 여자 힘이 엄청나게 세잖아?!

필사적으로 떼어내려고 했지만 그러지 못했고, 큰 소리를 내려고 해 봤지만, 더 강하게 입을 눌러와서…… 젠장, 이게 대체 무슨 일이야!

"빌어먹을…… 무슨 생각을 하고 있는지는 모르겠지만, 네 생각을 우리한테 강요하지 마!"

"입 다물어! 넌 그 아이들을 불행하게 만들 거야…… 반드시……. 그러니까 당장 사라져!"

이 자식……!

나는 결코 여성에게는 손을 대지 않는다. 하지만 이런 말도 통하지 않는 괴물은 예외다.

하지만 정작 몸은 꼼짝도 하지 않았다.

여자의 손이 내 목에 닿으려는 순간, 퍽 소리와 함께 이 어둠의 공간에 빛이 새어들었다.

"뭐야?!"

놀라는 여자의 얼굴이 묘하게 인상적이라 순간 당황스러움을 잊고 멍하니 보고 있는데, 그런 여자의 얼굴이 누군가에 의해 퍽 걷어차였다…… 어?

"……어?"

충격적인 일이라 두 번 놀랐다……가 아니라!

걷어차인 여자가 더 걱정될 정도였는데, 곧이어 탓! 하고 내 옆에 아이나가 착지했다.

"아이나……?"

물론 아이나가 있다면 또 한 명의 그녀도 없을 리가 없다. 아이나의 반대편에 내려선 것은 아리사였다.

"아리사!"

"오래 기다렸지, 하야토 군!"

"많이 기다렸어? 하야토 군!"

두 사람 다 환하게 미소 지으며 나를 안심시킨다. 어? 여주인공?

그런 바보 같은 생각이 들었을 정도로 마음이 진정되긴 했지만, 정말 내 눈에 아리사와 아이나의 모습은 교복 차림이었음에도 영웅으로밖에 보이지 않았다. 근데 교복 차림?

"왜 교복을……?"

……이제는 뭐가 뭔지 모르겠다.

나를 감싸듯 한 발짝 앞으로 나선 두 사람은 평소에는 보여주지 않는 분위기를 두르고 있었다.

"어디의 누구인지는 모르겠지만, 꽤 이기적인 주장이네?"

"내 말이 그 말이야. 네 이기적인 생각으로 우리의 소중한 사람한테 상처를 주지 말아줬으면 좋겠는데?"

"나, 나는 너희들을 생각해서——."

째릿, 두 사람이 여자를 노려본 것 같았다.

그것이 어지간히도 무서운 형상이었는지, 겁먹은 듯 몸을 떤 여자가 도망치듯 샘 속으로 돌아가려 했지만, 아리사와 아이나는 그 틈을 놓치지 않았다.

"놓치지 않겠어!"

"놓치지 않아!"

두 사람은 휙, 하고 높이 뛰어올라 그대로 여자를 향해 나아갔다. 마치 히어로 애니메이션을 보는 기분이었다.

승패는 한순간에 지어졌다.

"우리의 사랑을 방해하는 녀석은!"

"정의의 이름으로 날려버리겠다아!!"

"끼아아아아아아아아아아아아아악!!"

두 사람의 공격이 깔끔하게 명중한 순간——.

"헉……?"

눈을 뜨자 아까와는 다른 풍경이 눈에 들어왔다.

"낯선 천장이다."

나도 모르게 그런 말이 나왔다. 난 뜬금없이 무슨 소리릴 하는 건가.

하지만 이 대사, 한 번이라도 좋으니까 해 보고 싶었다.

'그게 전부…… 꿈이었구나.'

지금까지 본 그 광경 모두 꿈이었다.

아니, 그야 그렇겠지!

여자가 샘에서 나올 리도 없고, 아리사와 아이나가 초인적인 신체 능력으로 여자를 쓰러뜨리는 것도 이상하다.

"……이게 무슨 꿈이람."

여자가 날 붙잡았을 때는 진짜 기겁했다.

이게 다 낮에 이상한 이야기를 들은 탓이다. 이상한 꿈을 꿨다고 따질 수는 없는 노릇이지만.

"……하야토 군."

"으음…… 좋아해, 하야토 군."

꿈에 대해 생각하고 있다가 곧 양옆으로 의식을 돌렸다.

차례로 왼쪽, 오른쪽으로 얼굴을 돌렸다……. 아리사와 아이나가 내 쪽으로 몸을 향한 채 눈을 감고 있었다.

사키나 씨는 아이나를 사이에 두고 맞은편에서 자고 있다. 그랬지 참.

우리들은 어제, 이렇게 나란히 누워 잠에 들었다.

어제는 이곳에 도착한 후로 정말 즐겁게 보냈고, 온천과 요리도 최고였다. 그 후 다 같이 잠들기 전에 나눈 잡담도 즐거웠다.

온천 여행은 오늘로 끝이지만, 둘째 날은 이제 막 시작되었으니, 오늘은 또 다른 즐거움이 있을 거다.

"……그렇다고는 해도 말이오."

이런, 나도 모르게 이상한 말투가.

그도 그럴 게, 바로 옆에서 잠든 아리사와 아이나의 유카타가 상당히 벗겨진 탓에 몹시 훌륭한 광경이 펼쳐져 있다. 나의 눈이 어쩔 줄 모르고 바삐 움직인다.

"어느 쪽을 봐야 하는가. 오른쪽인가, 왼쪽인가!"

처음 보는 것도 아니지만, 그래도 압도적인 눈 호강이었다.

남자로서 이걸 외면할 수는 없다.

"둘 다, 도와주러 와줘서 고마워."

꿈이긴 했지만, 도와준 두 사람에게 감사를 전하면서 두 사람의 흐트러진 모습을 바라보았다.

그때 갑자기 아리사가 뒤척였다.

"……으음."

"……흡!"

이 타이밍에 깬다고?!

다행히 나는 눈만 움직이던 상황이었기에, 움직임을 감지한 순간 눈을 감아 자는 척을 했다.

아리사의 촉이 너무 날카로워서 이미 일어났다는 사실을 알아차린다면 내 패배겠지만, 현재로서는 그럴 걱정은 없어 보였다.

"하야토 군…… 후후, 아직 자고 있네. 게다가 아이나와 엄마도."

맞아, 일어난 건 나랑 너뿐이야.

시야를 봉인하고 있는 탓에 아무것도 보이지 않았지만, 아리사가 바스락거리며 움직이고 있는 것만은 알 수 있었다…… 응?

"……하야토 군."

어라…… 아리사?

옆에서 움직임을 보였던 아리사가 지금, 내 위에 있는 것 같은데? 구체적으로 말하면 아마도 네 발로 선 상태로 나를 내려다보고 있는 것 같은…… 그런 느낌이 들었다.

"하야토 군…… 자는 얼굴 너무 귀여워. 이대로 너한테 내 존재를 새기고 싶어……. 너만의 나라는 걸."

'아, 아리사 씨?!'

아리사가 내게로 몸을 꾹꾹 밀어왔다.

그러면서도 완전히 체중을 실으면 내가 깨어날 거라 생각했는지, 그녀는 정말이지 절묘한 위치에서 몸을 지지하면서 나를 만지고 있었다. 아니, 몸을 비비고 있는 건가?

"하야토 군…… 난 너만의 소유물이야…… 내가 계속 말했었지? 응, 하야토 군…… 넌 내 거라고 말해 줘."

그것은 아마 처음 듣는 음색일지도 모른다.

아리사의 말투는 언제나 담백해서 아이나에 비하면 약간의 서

늘함마저 느껴졌다. 하지만 목소리뿐만 아니라 말투도 평소와는 조금 달랐다.

마치 어리광을 부리는 아이나 같은 목소리에, 아리사의 새로운 면모를 엿본 기분이 들었다.

"나 정말…… 밝히는 여잔가 봐. 잠든 연인에게 이런 짓을 하다니……. 하지만 그래도 못 참겠어……. 눈을 뜬 지 얼마 되지도 않았는데, 몸이 이렇게나 뜨거워져서……."

달콤하다. 달콤한 향기가 감돌았다.

눈앞에서 흔들리고 있을 머리카락에서 풍기는 향기일까, 아니면 아리사의 몸 자체에서 배어 나오는 야한 향기인 건가?!

잠시 생각을 이어가던 나는, 나중에 이미 일어나 있던 일에 대해 사과해야겠다고 생각하면서 아리사의 등을 끌어안았다.

"꺄악……!"

그녀의 몸은 너무나도 쉽게 내 위로 떨어졌다.

내 얼굴 바로 앞에 그녀의 얼굴이 있다. 나는 부드럽게 아리사의 머리를 쓰다듬으며 이렇게 말했다.

"걱정하지 않아도 넌 내 소중한 연인…… 나만의 여자야."

역시…… 아무리 연기라도 '소유물'이라고 말하는 것에는 각오가 필요했다.

하지만 아리사에게는 그것만으로도 충분했는지 그대로 손과 발을 아낌없이 사용해 몸을 문질러왔다.

"좋은 아침, 하야토 군…… 깨어 있었어? 너무해."

"좋은 아침이야, 아리사. 실은 일찍 눈이 떠져서. 싫어졌어?"

"그럴 리가. 좋아해, 사랑해. 하야토 군."

고개를 든 아리사는 살짝 얼굴을 가까이하고 그대로 키스했다.

만화나 애니메이션에서 연인들이 아침에 눈을 뜨면서 키스하는 장면은 본 적이 있지만, 역시 아침에 처음으로 하는 키스는 기분을 개운하게 한다는 것을 다시 한번 인식했다.

"……아니, 잠깐만."

"응?"

"일찍 눈이 뜨였다는 건…… 내가, 그…… 몸을 여기저기 만진 것도……?"

"응."

"……! 난 몰라!"

아리사는 순식간에 얼굴을 붉히고는 화장실로 달려갔다.

"젠장, 엄청나게 야했어."

아직 몸에 닿았던 감각이 남아 있다. 냄새도 감촉도, 완전히 아리사에 의해 새겨지고 말았다. 뭐, 언제나 있는 일이라고 하면 그뿐이지만, 환경이 달라서 그런지 묘하게 의식이 됐다.

"……언니, 나 오므라이스으…… 어?"

"아이나?"

"하야토 군……? 아, 좋은 아침…… 나 잠꼬대했네."

"그러게. 좋은 아침, 아이나."

꽤 귀여운 잠꼬대였지만 말이지.

그리고 얼마 후 아리사가 돌아왔고, 그 무렵에는 사키나 씨도 눈을 뜬 상태였다.

"후암…… 개운한 아침이네. 잘 잤니? 하야토 군."

"안녕히 주무셨어요, 사키나 씨."

그보다, 난 지금 하고 싶은 말이 있다.

아리사도 그랬지만, 아이나도 사키나 씨도…… 어째서 신조네 여성들은 아침에 유카타가 벌어지는 거죠.

아마 일생의 의문이 될 것 같지만, 그렇다고 본인들에게 물어볼 수도 없었다.

"……으음."

"무슨 일이야?"

뭔가 고민하듯 신음하는 아이나.

그녀는 팔짱을 끼면서 이런 말을 했다.

"나…… 뭔가 이상한 꿈을 꾼 것 같아. 하야토 군이 이상한 여자에게 습격당하고 있는데, 거기서 나랑 언니가 나타나서 납작하게 눌러줬어!"

"어머, 그런 꿈을 꿨어?"

"응. 상대방이 꽤 예쁘긴 했는데, 하야토 군이 엄청나게 싫어하는 것 같아서 때려눕혀야겠다는 생각이 들었거든!"

"나도 비슷한 꿈을 꾼 것 같아."

……우연인 건가?

아이나는 확신했고, 아리사도 그런 꿈을 꾼 것 같은 기분이라며 생각에 잠겼다. 보통은 말도 안 되는 일이지만, 우리 사이였기에 벌어질 수 있었던 걸까 생각하니 미소가 절로 새어 나왔다.

"하야토 군?"

"무슨 일이야?"

"아니, 둘 다 완전 좋아해~!"

정말이지, 도와줘서 너무 고마워!

어제 온천에서 했던 것처럼, 하지만 손의 위치는 조심하면서 나란히 있는 두 사람을 있는 힘껏 끌어안았다.

"정말 어리광쟁이라니까, 하야토 군은."

"아하하, 하지만 너무 귀여워♪"

두 사람의 흐뭇한 미소를 본 나는 더 강하게 둘을 끌어안았다.

이름 모를 망령 분! 이런 우리를 보고도 아직 그 꿈에서 했던 말을 또 할 수 있을까? 우리는 이렇게나 행복하다. 물론 두 사람이 웃어주고 있는 것에 만족하지 않고 더욱더 두 사람에게 어울리는 남자가 될 것이다.

그러니까 바람이니 뭐니 하는 소리는 쓸데없는 참견이다. 나는 절대로, 두 사람을 배신하는 짓은 하지 않아!

그렇게 두 사람을 끌어안고 있는데 찰칵, 스마트폰 사진 촬영 소리가 들렸다.

"후후, 좋은 사진을 건졌네요. 한동안 대기화면으로 써야겠어요."

"아, 나중에 보내주세요!"

"엄마, 저한테도 보내줘요."

"나도, 나도!"

다들 생각은 똑같은지 아침부터 우리들의 웃음소리가 울려 퍼졌다.

그 후에는 준비를 마친 뒤 맛있는 아침 식사를 하고, 여행 둘째 날을 즐기기 위해 방을 나섰다.

어제는 이렇게 방을 나오다가 그 남자아이와 만났는데, 오늘은 보이지 않았다. 어딘가에서 또 만날 가능성은 있겠지만.

'발견하자마자 달려오는 모습이 귀여웠단 말이지.'

나는 딱히 애들을 좋아하는 건 아니지만, 그렇게 잘 따르면 싫어할 사람은 없을 것이다.

새삼 생각하니, 여기저기 돕겠다고 참견을 참 많이도 했구나.

물론 내가 대단하다는 자화자찬이 아니다. 인연의 시작이 그렇다는 이야기다. 그 남자아이도 그렇고, 아리사, 아이나와의 관계도 그렇게 시작되었다.

전부 우연의 산물이지만, 그 우연들이 쌓여서 지금에 이른다. 그때 도와서 다행이라고, 당당히 가슴을 펼 수 있다.

이건 내가 잘나서 그런 것이 아니다. 나를 지켜보는 존재가 있기 때문이다.

내 친구들도 마찬가지다. 나에게 좋은 것들을 안겨준 인연 중에서도 제일은 그들과의 관계일지도 모른다. 아니, 분명 그럴 것이다.

"앗, 하야토 군이 우리가 아닌 누군가를 떠올리고 있어."

"우우, 누구야?"

"안심해. 남자니까."

"어?"

"어?"

"잠깐, 그 오해는 곤란해."

나 울어버린다?

농담이라며 웃는 두 사람.

나는 앞으로 기다리고 있을 여행 둘째 날을 기대하며 요동치는 가슴을 억누르지 못했다.

"그러면 큰길 쪽으로 가볼까?"

"그러자. 엄마, 떨어지면 안 돼~?"

"걱정하지 말렴. 내가 그렇게 믿음이 없나?"

믿고 있어요, 하고 나는 쓴웃음을 지으면서 사키나 씨의 등을 밀었다.

여관에서 조금 걸어가면 포장마차가 늘어선 곳이 있다고 한다.

여관이 유명하고 근처에 관광 명소도 많으니, 포장마차 장사가 잘되는 모양이었다.

'이 여관 주변의 관광 명소는 어제 다 돌아봤으니, 오늘은 가벼운 관광이 될 것 같네.'

그건 그거대로 좀 아쉬웠지만, 소중한 사람들과 여유롭게 관광할 수 있는 기쁨을 맛보면서 오늘을 즐겨볼까.

"하야토 군! 얼른 와!"

"손을 잡는 편이 좋을까~?"

이런, 딴생각하다가 낙오할 뻔했다.

너무 넋 놓고 있으면 안 되겠네.

쓴웃음과 함께 미안하다고 말하고 곧바로 따라붙었다.

그러자 아이나가 부드럽게 내 손을 붙잡았다.

"굳이 그러지 않아도 잘 따라갈게."

"응? 그냥 내가 잡고 싶은 건데?"

아. 그건 나도 마찬가지다.

같은 마음인 것을 보여주듯 아이나의 손을 맞잡고 북적이는 인파 속을 걸었다.

길바닥이 차도였는데, 평소에는 차가 다니다가, 이처럼 사람이 많이 다니는 휴일에는 교통을 통제하는 모양이었다.

"아, 귀엽다!"

그러던 중 아이나의 목소리가 들려왔다.

그녀의 시선 끝에서 오리들이 줄을 지어 걷는 모습이 보였다. 행인들이 흐뭇한 미소를 지으며 사진을 찍고 있었다.

어린아이가 만지려고 하자 부모가 제지했다.

"오리 가족이 다 같이 나왔나 봐."

사람이 다가가면 도망치지 않을까? 아니, 이런 인파 사이를 헤치고 가는 걸 보면 사람에게 익숙한가?

"앗, 이쪽으로 온다."

"하야토 군을 향해 오는 거 아냐?"

"엥?"

말도 안 되는 소리라고 생각하면서 오리를 바라보고 있자, 확실히 선두의 부모 오리가 나를 향해 곧장 다가왔다. 당연히 새끼 오리들은 어미 오리를 뒤따랐다.

정말 나를 향해 오고 있는데?

"하야토 군이 마음에 든 걸까요?"

"설마요, 오늘 처음 봤는걸요?"

오리의 마음에 든다니, 뭐야 그게.

그동안에도 오리 행렬은 나에게로 곧장 향해왔고, 다른 행인들도 신기한 얼굴로 그것을 응시했다.

그리고 마침내 오리들이 내 발 앞에 멈춰 섰다.

"어?"

선두의 어미 오리가 목을 떨듯이 귀엽게 울면서 나를 올려다보았다.

설마 내가 서 있는 곳을 지나가고 싶은 건가?

"비켜라, 쓰레기. 우리 애들이 못 지나가잖아, 라고 말하고 있는 거 아닐까요?"

"서, 설마요……".

자리를 비켜주면 되나 싶어서 나는 한 걸음 왼쪽으로 움직였다. 그러나 오리들은 여전히 나를 바라보기만 했다.

으음?

"아닌가 보네."

"그러면 이쪽으로?"

오른쪽으로 비켜봤으나 여전히 오리들은 나를 올려다본 채 움직이지 않았다.

"그것도 아닌가 봐. 하야토 군에게 볼일이 있는 게 아닐까?"

"아니, 어떻게 하고 싶은 건데⋯⋯."

이제는 오싹하다고 할까, 무서워지기 시작했다.

어쩌면 나에게 뭔가 악령이 붙었고, 이 오리들에게는 그것이 보여서 눈으로 나를 좇고 있는 게 아닐까? 설마 그 꿈에 나온 여자의 영혼이 아직도 나한테?!

반사적으로 뒤를 돌아보았지만, 당연히 그런 기척은 느껴지지 않았다.

"너희들, 나한테 볼일이 있는 거야?"

쪼그려 앉아 물어보았지만, 오리들은 요지부동이었다.

여전히 나를 바라본 채⋯⋯. 이거, 만져도 되나? 나는 오리 앞으로 손을 살짝 내밀어 보았다.

"아!"

"⋯⋯귀여워."

그러자 어미 오리가 내 손을 쿡쿡 쪼아댔다. 마치 고양이가 몸을 비비는 모습 같았다. 살짝 따끔거렸지만 아프지는 않았다. 가볍게 마사지를 받는 기분이다.

"이 애들, 정말 안 도망가네요."

"흠⋯⋯ 나한테 뭐가 있는 걸까?"

이 오리들을 유인할 만한 건 갖고 있지 않은데……. 나는 손바닥을 바닥에 놓아 보았다.

그러자 어미 오리가 내 손바닥 위에 올라탔다.

그대로 들어 올리자, 뒤에 있던 다른 새끼 오리들도 태워달라는 듯이 내 신발을 찔러댔다. 아아, 정말! 이게 진짜 무슨 일이야!

"어머, 희한한 일도 다 있네요."

"엇?!"

이 목소리는!

"그때 괴담을 이야기하신 분……."

어제 샘에서 만났던 여관 직원이 다시 스르륵 나타났다.

문득 오늘 아침에 꾼 꿈이 떠올랐지만, 이걸 따질 수는 없는 노릇이었다. 대신 감히 나에게 그런 이야기를 들려주다니! 하고 원망스러운 시선을 보냈다.

"……제가 뭔가 잘못했나요?"

글쎄요.

여자는 난처한 표정을 내비치고는 내 손바닥에 올라탄 오리의 머리를 쓰다듬었다.

"이 아이들은 이곳을 자주 산책해요. 하지만 이런 식으로 낯선 사람을 따르는 일은 거의 없는데…… 그런 오리들이 따르는 사람이 간혹 있답니다."

"어떤 사람인데요?"

"아주 상냥한 사람이요. 당신은 혹시 어려운 사람이 눈앞에 있으면 도와주는 타입인가요?"

"······상황에 따라 다를 것 같은데요."

그렇게 말하자 여자가 고개를 끄덕였다.

"그렇군요. 하지만 지금 그 반응으로 알았어요. 당신은 분명 많은 사람을 도와주셨을 거예요. 자세히는 묻지 않겠지만, 이 아이들이 당신을 따르고 있다는 게 무엇보다 큰 증거랍니다."

"으음······."

근처에 곤란한 사람이 있으면 손을 내밀고 싶어지기는 하지만, 누구라도 구해주고 싶다는 건 아니다. 상황에 따라 판단도 다를 거다. 다만, 생각해 보면 이렇게 여행을 오기 전에도 연달아 사람을 도와주긴 했었다.

그 남자아이의 일이 가장 최근의 일이라면, 그전에는 아리사와 아이나를 도와준 일······ 친구 두 명에게 말을 걸었던 일, 그리고 사에키를 도와줬던 일.

그래서 이 오리들은 내가 상냥하다고 판단해서 잘 따랐다는 건가. 뭐야, 그게. 만화도 아니고.

"얘들이 정말 똑똑한가 봐! 하야토 군은 실제로 많은 사람을 도왔잖아!"

"그러게. 아하하, 하야토 군의 상냥함을 알다니, 이 아이들도 제법인데?"

그렇게 말한 아리사와 아이나가 오리를 쓰다듬었다.

그녀들이 만지는 손에 아무런 경계심을 보이지 않는 것은 어쩌면, 내가 아는 사람이라서……? 왠지 정말로 이상한 체험을 하는 기분이었다.

"이렇게까지 동물들이 따르다니 정말 대단하네요."

"예, 뭐……."

사키나 씨도 귀엽다며 오리들을 쓰다듬기 시작했다.

그렇게 한동안 우리는 오리들과 장난을 친 후…… 묘하게 아쉬운 마음을 느끼며 그 자리를 떠났다.

"평소랑 다른 곳에 오니. 이런 신기한 일도 생기는구나."

"하야토 군이 쌓은 선행의 보답을 덩달아 같이 받은 기분이야."

"그러네♪ 전부 하야토 군이 있었기 때문에 경험할 수 있었던 일이니까."

"그렇지. 하야토 군 덕분이야."

생글생글 웃으며 쳐다보는 두 사람의 시선에 나는 아하하, 하고 머리를 긁적였다.

"좋은 일을 하면 자신에게 돌아온다는 건가?"

"그럴지도 모르겠네요. 하야토 군에게서 본받을 점은 우리가 보기에도 아주 많거든요."

사키나 씨가 기특하다는 듯 머리를 쓰다듬어 주셨다.

이 여행 동안 사키나 씨의 모성애가 더 단련된 것 같다. 단련된 모성애라니. 무슨 뜻이야.

다시 주변 관광을 이어가는 우리.

다음으로 눈에 들어온 것은 현지 공연이었다.

"히어로 쇼?"

"와, 이런 것도 있구나."

이게 그건가? 텔레비전에서 하는 무슨 전대, 무슨 레인저 같은?

특수 촬영물은 별로 흥미가 없어서 나는 본 적이 없다. 음, 관객이 제법 많네.

평소에 보지 않는 것이었기에 시선을 빼앗기는 것은 어쩔 수 없는 일이었다. 우리는 뒤에서 잠깐 히어로 쇼를 보고 가기로 했다.

"크하핫! 너희들 정의의 편에 질 수야 없지! 언제나 승부는 우리 악이 이긴다!"

"그렇지 않아! 너희는 우리가 반드시 쓰러뜨리겠다! 우리는 채소를 사랑하는 전대 베지터 레인저니까!"

베지터 레인저?

생각보다 연기력은 좋다만, 이름이 좀 유치한 거 같은데.

온통 새까만 옷을 입은 악의 비밀조직 보스와, 이에 도전하는 정의의 아군 베지터 레인저.

내가 촌스럽다고 생각한 베지터 레인저는 의외로 이 근처 아이들에게 큰 호응을 받고 있었다. 과연 그래서 이름을 그렇게 지은 건가.

"힘내라, 베지터 레인저!"

"나 양배추도 당근도 가지도 엄청나게 좋아해!"

"엄마한테 채소 먹은 거 칭찬받았어!"

비록 어떤 전대물이라도 악의 조직에 맞서는 정의의 편이라는 것은 아이들의 눈에 멋있어 보이는 거겠지.

어린아이들이 응원하는 모습, 있는 힘을 다해 채소를 먹을 수 있게 됐다며 선언하는 모습은 정말이지 흐뭇해서 나도 모르게 미소가 지어졌다.

"보기 좋네."

"그러게. 우리들한테도 저런 시절이 있었을까?"

"물론 두 사람에게도 이런 천진난만하던 시절은 있었단다."

다행히 아리사와 아이나도 이 자리의 분위기를 즐기고 있는 것 같았다.

아이들의 미소는 사람들을 흐뭇하게 만든다. 우리는 물론이고 그 아이들의 부모나 다른 행인들조차 미소를 지을 만큼 따뜻한 분위기였다.

"이, 이건…… 에잇! 이 미소 오라. 우리한테는 정말이지 치명적인 공격이군! 어서 인질을 데려와!"

그런 대사를 외친 순간, 한 남자아이가 무대 위로 끌려갔다.

한껏 불안한 얼굴을 하고 당장이라도 울음을 터뜨릴 것 같은 그 남자아이는, 바로 어제 재회했던 그 아이였다.

"……도와줘, 형!"

"어? 나?"

아이는 나와 눈이 마주치더니, 내게 도와달라며 손을 뻗었다.

아니, 하지만 이거, 공연이잖아?

멋대로 끼어들 수도 없는 상황이라 머뭇대고 있으니, 직원이 마이크를 손에 들고 내게 다가왔다.

"베지터 레인저만으로는 그들에게 대항할 수 없습니다! 저 남자아이가 도움을 요청한 거기 당신! 도와주시겠어요?!"

그, 그렇게 되는 거냐~~?!

나는 눈을 동그랗게 뜨고 놀랐다. 원래 이런 형식인 건지 주변 사람들은 흥미진진한 눈빛으로 날 바라봤다.

"……못 하시겠으면 말해 주셔도 괜찮아요."

직원이 조용히 그렇게 속삭였다. 일단은 거부권도 있는 건가.

하지만 나는 딱히 거절할 마음이 없었다.

저렇게 손을 뻗어가며 도와달라는데, 모른 척할 수 있을 리가 없다.

"하야토 군……."

"가는 거야?"

"……조심해."

"왜 그렇게 다들 비장한 표정인 건데."

목숨을 건 싸움을 하러 가는 게 아니라고. 세 사람 다 그렇게 걱정스러운 얼굴 하지 말아줘.

직원에게 이끌려 스테이지로 향할 줄 알았는데, 직원이 뜻밖의 물건을 내밀었다.

"이걸 쓰고 나가시면 돼요."

"이, 이걸요?"

그건 채소를 형상화한 가면이었다.

심지어, 다른 베지터 레인저들도 다양한 채소를 모티브로 한 가면을 쓰고 있었는데, 내가 건네받은 것은 하필 호박이었다.

나는 호박과 질긴 인연이 있는 모양이다.

"호박 기사님!"

"머, 멋있어!!"

"하야토 군, 힘내요!"

그리고 달아오르는 아리사와 아이나, 그리고 사키나 씨…… 어째서!

확실히 스테이지 위의 히어로 중에 다른 호박은 없다만……. 에잇, 될 대로 돼라!

나는 한숨을 한 번 내쉬고 호박 가면을 뒤집어썼다.

그 순간, 모든 걸 꿰뚫어 볼 수 있을 것 같은 기묘한 감각이 다를 감쌌다.

"오오…….."

"이대로 무대로 가면 됩니까?"

"네, 네!"

묘하게 긴장한 직원의 모습에 고개를 갸우뚱하면서 스테이지 위에 서자, 왠지 모두가 쥐 죽은 듯 고요하게 나를 바라보았다.

뭔가 이상한 부분이 있나 생각했지만, 다시 확인해도 아무런 문제가 없다.

나는 변함없이 손을 계속 뻗고 있는 남자아이의 곁으로…… 응? 어라?

"모, 못 이겨! 이 호박님께는 이길 수 없어!"

"아니……."

"그 아이를 풀어줘라! 우리가 잘못했다! 우리가 다 잘못했다고!"

"……?"

원래 이런 연출인가?

확실히 나처럼 스테이지에 오른 사람은 대본의 내용도 잘 모르니까, 이렇게 곧바로 끝내는 편이 좋을지도 모른다. 뭐~야, 그런 거였어? 괜히 긴장했네.

"형!"

남자아이가 달려와 허리춤을 붙잡았다. 나는 머리를 부드럽게 쓰다듬어 주었다.

"괜찮아?"

"응. 또 도움을 받았네."

"후후, 이런 인연도 나쁘지 않지?"

"응!"

남자아이를 데리고 나는 스테이지에서 내려가자, 베지터 레인저의 리더인 토마토 레인저가 내게 다가왔다.

"자네, 혹시 근처 주민인가? 혹 부디 우리의 일원이 될 생각은 없나?"

"아, 죄송합니다. 여기는 여행으로 온 거라서요."

전혀 가깝지도 않고, 애초에 부끄럽기도 해서 전력으로 거절했다.

"하야토 군~!"

"수고했어."

"아주 멋있었어요♪"

"하하, 특별히 한 건 없지만요."

무대에 오르자마자 멋대로 항복하고 끝났다. 활약도 뭣도 없었다.

"형, 얼굴을 가리니까 평소보다 더 멋있네."

"내 얼굴이 못생겼다고 말하고 싶은 거냐?"

"아니야~! 엄청나게 강해 보였어!"

호오, 그래, 그래.

강해 보인다는 말을 들으니 썩 나쁜 기분은 아니었다. 음, 착한 아이구나. 한 번 더 머리를 쓰다듬어 주마.

"오늘도 도와줘서 고마워, 형! 다시……."

"응?"

"……다시 또 만나면 놀아줄래?"

불안해 보이는 남자아이. 그야, 사는 장소가 다르니 다음에 어디에서 만날 수 있을지는 아무도 모른다.

하지만 대답은 뻔하지.

"물론이지. 또 보자."

"응! 바이바이!"

그리고 사내아이는 그대로 부모님 곁으로 달려갔다.

아이의 부모님이 내게 고개를 숙이길래 나도 고개를 마주 숙였다.

"저 애, 하야토 군을 엄청나게 좋아하나 봐."

"기쁘네……. 또 만날 수 있다면 좋겠는데."

"만날 수 있을 거야. 왜냐하면 저 애한테 있어서 하야토 군은 영웅이잖아."

영웅이라…….

내가 만약 누군가의 영웅이 된다고 한다면, 그것은——.

"물론 우리에게도."

"영웅이지만!"

……그래, 나는 두 사람의 영웅이 되고 싶다.

두 사람에게 의지가 되는, 두 사람에게 필요한 남자이고 싶다. 그것이 내가 목표로 해야 할 장소, 내가 되고 싶은 나 자신이다.

"될 수 있어요, 하야토 군이라면."

"사키나 씨…… 네!"

어떻게 내 생각을 읽은 걸까, 그런 생각도 이제는 새삼스러운가.

물론 내가 무슨 생각을 하고 있는지 세세하게 알아차리고 있었던 것은 사키나 씨뿐만이 아니었다. 아리사와 아이나도 마찬가지였다.

"자아~, 예상외의 일이 좀 있었지만, 아직 더 즐겨야지! 가자, 아리사, 아이나! 사키나 씨도!"

"아, 잠깐, 하야토 군?!"

"가자!"

"젊음은 좋네요."

이렇게 우리는 둘째 날을 즐겼고, 시간이 가는 것도 순식간이었다.

즐길 만한 행사는 너무나도 많았고, 지인에게 줄 선물을 살 무렵에는 한껏 떠들썩하게 놀았던 우리들은 완전 녹초가 되어 있었다.

"좀 쉬자~."

그런 아이나의 지친 목소리와 함께 우리 셋은 나란히 벤치에 앉았다.

아리사와 아이나는 나를 사이에 두고 자리에 앉았고, 몸을 바싹 붙인 채 벤치에 몸을 맡겼다.

"너무 흥분한 모양이네요?"

"그러게요. 그래도 굉장히 즐거웠어요."

조금 있으면 돌아갈 시간이다.

사실을 말하면 아직 다 돌아보지 못한 장소도 있고, 함께 즐기고 싶은 것들도 많다. 하지만 시간은 한정적이다.

"하야토 군? 왜 그러나요?"

표정이 조금 안 좋아 보였는지, 사키나 씨가 내 얼굴을 들여다보며 그렇게 물어왔다.

나는 조금 망설이다가, 생각한 것을 솔직하게 입에 담았다.

"그…… 정말로 즐거웠구나 싶어서요. 1박 2일인 게 아쉬울 정도로 즐거웠어요."

아직 더 즐기고 싶을 정도로 즐거웠다.

사이가 가까워지면서 생겨난 '친애'의 감정에 둘러싸여 지내는 나날은 마치 '가족' 같았다.

"여행 나오는 게 오랜만이라서 그런 것도 있지만, 정말 좋아하는 사람들에게 둘러싸여 있는 동안은 정말 가족같이 느껴졌어요."

"하야토 군……."

"가족……."

꼬옥, 손을 잡는 두 사람.

그 손의 온기를 느끼며 말을 이었다.

"두 번 다시 느낄 일이 없을 줄 알았다는 소릴 하려는 게 아니에요. 하지만 고등학생 때 이 온기를 다시 느낄 수 있을 거라고는 상상도 못 했거든요. 물론 모두와 만난 뒤로는 몇 번이나 있었지만요. 그래서 더 즐겁고 기뻤어요. ……여러분과 만날 수 있어서 정말 다행이에요."

그렇게 말한 순간, 아리사와 아이나가 와락 끌어안았다. 감동한 사키나 씨도 마찬가지였다. 나는 번갈아 찾아오는 행복에 아래가 조금 위험했지만, 아무튼 이들의 반응이 진심으로 기뻤다.

"또 다 같이 오자."

"무조건!"

"꼭 다시 오죠."

그 말에 나는 진심으로 고개를 끄덕였다.

이렇게 오래전부터 기대하고 있던 온천 여행은 대만족으로 끝났고, 나는 또 하나의 소중한 추억을 사랑하는 그녀들과 만들 수 있었다.

"그건 그렇고 베지터 레인저 멋있었지!"

"맞아! 꽤 센스가 있는 이름이라고 생각했어!"

"어머, 둘 다 그렇게 생각했니? 실은 나도 그랬어."

"…………어?"

촌스럽다고 생각한 건 나뿐이야……?

……정말?

베지터 레인저가 멋있다고? ……내가 이상한 거야?

차로 돌아가는 길, 나는 한참이나 내 감성을 의심했다.

otokogirai na bijin
shimai wo namae
mo tsugezuni tasuketara
ittaidounaru

　온천 여행에서 돌아오면 무엇이 찾아올까? 어렵게 생각할 필요 없다. 평소와 같은 일상이 돌아온다는 말이 하고 싶을 뿐이다.

"……난 혼자 뭐라는 거야."

"왜 그래?"

"아니, 아무것도 아니야."

　아리사의 질문에 고개를 저은 나는 손바닥으로 시선을 되돌렸다.

　새삼스럽게 일상이 돌아왔다고 말했지만, 실은 약간의 변화가 생겼다. 최근 들어서 공부의 습관이 생겼다.

"설마 시험이 끝난 후에도 이렇게 공부하는 날이 오다니……."

"오히려 이게 학생의 올바른 자세 아닐까?"

"그건 그렇네."

　나는 웃으며 동의했다.

　온천 여행 전에 시험공부에 매진했던 경험이, 습관이 되어 내 몸에 밴 모양이다.

　학교가 끝나면 기본적으로는 그녀들과 여유로운 시간을 보내는데, 지금은 이렇게 가볍게 복습하는 시간을 갖게 되었다.

"여친과 하는 공부는 즐겁구나."

"나도 남친과 함께하는 공부가 즐거워."

　서로 키득키득 웃고, 거기서 나는 시선을 슬쩍 옆으로 미끄러뜨렸다.

이곳은 아리사의 방이었다. 아리사가 있는 것은 당연하지만 아이나도 이곳에 있었는데, 지금 그녀는 누워서 잡지를 보고 있었다.

"흐흐흥~ ♪"

중간까지 아이나도 함께 공부했는데, 지겨워진 모양이다.

그 후에도 30분 정도 아이나의 콧노래를 배경음악 삼아 공부를 한 후 나도 아리사도 만족스럽게 공부 도구를 정리했다.

"그런데 아이나는 뭘 그렇게 재미있게 읽는 거야?"

"어? 아아, 이거?"

곧바로 몸을 일으켜 책상에 펼쳐두자, 잡지 안에는 예쁜 여성이 웨딩드레스를 몸에 두르고 있었다.

웬 웨딩드레스?

그렇게 생각했지만, 곧 6월이라는 말을 듣고 납득했다. 그렇군, 6월의 신부라는 건가.

"있지 있지, 하야토 군."

"응?"

"우리가 이런 거 입으면 어울릴까?"

"물론."

"앗, 즉답이다."

그야 당연히 어울리지!

내 기준으로는 두 사람이 어떤 복장을 해도 어울린다는 말밖에 나오지 않겠지만, 그녀들이 이 순백의 드레스를 입으면…… 과연 얼마나 아름다워 보일지 두려울 정도다.

만일이라도 그걸 보게 될 날은 몇 년은 더 뒤겠지만.

'그때까지 두 사람과 함께하는 생활을 반드시 지키겠어.'

아마 그녀들과 지내다 보면 언젠가 문제가 찾아올 거다. 하지만 걱정되지는 않는다. 왜냐하면 극복할 수 있다고 믿으니까.

"하야토 군."

그렇지만…… 그렇지만 말이지?

아리사와 아이나…… 두 사람의 웨딩드레스 차림은 정말 보고 싶었다.

신성한 의식을 위해 준비되는 아름다운 드레스……. 그것은 아리사와 아이나의 매력을 이래도 되나 싶을 정도로 크게 끌어낼 것이다.

그러나 이런 드레스를 입게 되면 몸매도 뛰어나게 좋고 야하기까지 한 두 사람이 어떤 식으로 변할지……. 나 스스로 바보 같고 느끼면서도 그쪽도 꽤 신경이 쓰였다.

"하야토 군!"

"네엣?!"

갑자기 귓가에서 이름을 부르는 소리에 화들짝 놀랐다.

어깨를 흠칫 떨면서 고개를 돌리니 부루퉁하게 뺨을 부풀린 아이나가 나를 바라보고 있다.

아리사는…… 없어?

"언니는 화장실 갔어. 하야토 군, 내가 부르는 걸 눈치채지 못할 정도로 생각하고 있었어?"

"뭐…… 응."

"흐음? 우리가 이걸 입고 있는 모습을 상상했어?"

"응."

더는 얼버무릴 필요도 없겠지.

내가 순순히 고개를 끄덕이자, 아이나는 환하게 웃더니, 책상 다리로 앉아있는 내 무릎 위에 올라앉았다.

부드럽게 풍기는 달콤한 향취, 예쁜 눈동자에 빨려 들어갈 것 같은 거리감. 우리에게 있어서 이 정도의 거리는 이제 익숙하지만, 역시 두근거리는 감정은 변하지 않았다.

"여행, 즐거웠어."

"응."

"공부 엄청 열심히 했지?"

"응."

"하야토 군이 옆에 있어서 정말로 기뻐♪"

"아, 응……."

웃…… 몇 번이나 듣고 있는 말인데, 새삼스럽게 진지한 상황에서 들으니 묘하게 부끄럽네……. 지금 나, 얼굴 엄청나게 빨개지지 않았을까?

"부끄러워하네. 귀여워♪"

"크흠, 왜 그래?"

"아니, 그냥 좀……. 나처럼 하야토 군도 장래를 상상해 줬다는 게 기뻐서."

한층 더 짙은 미소를 지어 보인 아이나…… 젠장, 묘하게 공기가 달콤하다.

아이나가 하아, 하고 숨을 뱉자, 그것이 따뜻한 공기가 되어 나에게 닿았다. 그 정도로 지금 우리들은 밀착해 있다.

"여행에서 돌아온 날 밤, 하야토 군이 귀가하고 없었을 때 언니와 둘이 이런 얘기를 했어."

"무슨 이야기인데?"

"하야토 군이 노력하는 모습, 하야토 군이 누군가에게 상냥한 눈빛을 향하는 모습, 하야토 군이 우리에게 사랑을 향해 주는 모습…… 그 모든 게 사랑스럽고, 가슴을 불태울 정도의 열기를 만든다는 이야기."

"……."

"하야토 군…… 이제는 완전히 우리들한테 잡혀버렸네?"

"웃?!"

할짝, 아이나가 목덜미를 핥았다.

혀의 간지러운 감촉이 느껴졌지만, 아이나의 분위기에 압도되어 움직일 수 없었다.

"그리고 우리도 하야토 군에게 잡혀 있어. 절대로 도망갈 수 없게 말이야. 그래서, 굉장히 행복해."

"아, 아이나……?"

"그러고 보니 언니가 그러던데, 딥키스에 관심이 있다는 게 사실이야?"

"어?!"

그러고 보니 아리사와 그런 이야기를 했던가. 그야 관심이 없지는 않지.

작게 고개를 끄덕이자, 아이나가 갑자기 작은 소리로 미안하다고 말했다.

갑자기 무슨 사과인가 하는 순간, 아이나가 키스를 했다.

"으음…… 츄웁."

"읍?!?!"

입술이 닿는 간단한 키스가 아니다. 우리가 지금까지 했던 키스가 아니다.

치아와 치아 사이를 가르듯이 파고든 아이나의 혀…… 딥키스였다.

"……."

대체 얼마나 긴 시간이 흘렀을까. 아마 기껏해야 수십초일 테지만, 마치 시간이 멈춘 것처럼 느껴졌다. 마치 세상이 멈춰버린 것 같은 이상한 기분이 들었다.

"……푸하."

얼굴이 떨어지고, 나와 아이나 사이에 투명한 실이 늘어졌다.

아이나는 만족스러운 미소를 지은 채, 나쁜 짓 따위는 아무것도 하지 않았다는 얼굴로 당당하게 가슴을 펴고 있다. 아니, 물론 키스가 나쁜 짓은 아닌데…….

"이제 조금…… 앞으로 나갔네?"

"……."

우리는 이후도 계속 앞으로 나아갈 것이다.

아무리 지금을 유지하려고 해도, 아무리 지금을 소중히 하려고 해도, 우리가 살아 있는 이상은 변할 수밖에 없다.

하지만…… 지금만큼은, 나는 내 몸에 감사했다.

"아…… 어라……."

"어? 하야토 군…… 하야토 군?!"

몸이 붕 뜨는 것 같은 느낌이 들더니, 그대로 몸이 바닥에 쓰러졌다.

아무래도 키스로 머리에 한계가 찾아온 모양이다. 그래도 잊지 않는다. 인생 첫 딥키스.

'이렇게나 아찔하다니…….'

닿는 것보다 더 깊은 키스…… 이 얼마나 무서운가!

이걸로 또 한 걸음…… 우리의 관계가 진전됐다.

OTOKOGIRAI NA BIJIN SHIMAI O NAMAE MO TSUGEZU NI TASUKETARA
ITTAI DONARU? Vol.4
©Myon, Giuniu 2024
First published in Japan in 2024 by KADOKAWA CORPORATION, Tokyo.
Korean translation rights arranged with KADOKAWA CORPORATION, Tokyo.

남자를 싫어하는 미인 자매를 이름도 알리지 않고 구해주면 어떻게 될까? 4

2024년 12월 15일 1판 1쇄 발행

저   자 묭
일 러 스 트 기우니우
옮   긴   이 이소정
발   행   인 유재옥
이   사 조병권
출판본부장 박광운
편 집 2 팀 정영길 박치우 조찬희
편 집 3 팀 오준영 권진영 이소의 정지원
디자인랩팀 김보라 이민서
디지털사업팀 김경태 김지연 윤희진
콘텐츠기획팀 박상섭 강선화
라이츠사업팀 김정미 이윤서 임지윤
영업마케팅팀 최원석 이다은 윤아림
물 류 팀 허석용 백철기
경영지원팀 최정연
인쇄제작처 ㈜코리아피엔피
발   행   처 ㈜소미미디어
등   록 제2015-000008호
주   소 서울시 마포구 토정로222, 502호 (신수동, 한국출판콘텐츠센터)
판매 및 마케팅 (070) 8822-2301

ISBN 979-11-384-8522-7
ISBN 979-11-384-8306-3 (세트)